U0896855

陳舜臣

陈舜臣随笔集

逆旅主人

〔日〕陈舜臣 著
孙晓宁 译

中国画报出版社·北京

图书在版编目（CIP）数据

逆旅主人 /（日）陈舜臣著；孙晓宁译. -- 北京：
中国画报出版社，2020.12（2022.3重印）
（陈舜臣随笔集）
ISBN 978-7-5146-1951-5

Ⅰ. ①逆… Ⅱ. ①陈… ②孙… Ⅲ. ①随笔—作品集
—日本—现代 Ⅳ. ①I313.65

中国版本图书馆CIP数据核字(2020)第223027号

逆旅主人

[日] 陈舜臣 著　　孙晓宁 译

出 版 人：于九涛
审　　校：崔学森
责任编辑：李　媛
责任印制：焦　洋
营销编辑：孙小雨

出版发行：中国画报出版社
地　　址：中国北京市海淀区车公庄西路33号　邮编：100048
发 行 部：010-88417438　010-68414683（传真）
总编室兼传真：010-88417359　版权部：010-88417359

开　　本：32开（880mm×1230mm）
印　　张：6.5
字　　数：106千字
版　　次：2021年1月第1版　　2022年3月第2次印刷
印　　刷：三河市金兆印刷装订有限公司
书　　号：ISBN 978-7-5146-1951-5
定　　价：48.00元

目录

至桂平

正如许多中国人除本名之外，还有字、雅号、室名（好比书名中的六甲山房属于室名），我则自称六甲山房主人。中国的不少街道也有其别称。比如，福建省福州市因多种榕树而被称为榕城。

榕树为热带植物，从树干与树枝上生出的气根垂至地面，看似多株丛生，实则只有一株。在日本，榕树（gajumaru）之名为人们所喜爱，从发音来看当属琉球语。别名榕城的福州在过去曾设有琉球馆，因此，最近福州市与那霸市结成了友好都市，大抵也是与榕树有着不解的缘分。

4世纪初期，晋代嵇含撰写《南方草木状》一书，有“十亩之榕”这样的形容。榕树因长有树瘤且枝干弯曲而无法做成器具，树干上褶皱纹路过深而难以用作木材，投入火中不能燃烧而被排除在薪柴之外。正是由于毫无用处，人们几乎不砍伐榕树，导致它疯狂生长，不断向周围成片扩展。然而，以气根为支柱，覆盖十亩之宽的榕树，为人们提供了一片可以乘凉小憩的树荫。人世间并不存在毫无用处的事物，即使是看似无用的榕树，也能用树荫为热带的人们带来一丝凉意。如果我的计算无误，魏晋时期的十亩相当于如今日本的一千五百坪[1]以上。

我曾三次到访福州，但停留时间过短，别说十亩之榕，甚至连引人惊叹的榕树也未曾见过一株。在我看来，榕树中的非同一般者并非指榕城的那些，而是广西桂平县招待所门前的两株。据说那两株榕树的树龄均已超过400年。广西的简称是“桂”，其中还有一个被称为“桂林”的地方，这样看来，当地的有名物产不该是榕树，而应是桂树。

虽然中日两国都有汉字，但同一汉字在中文和日文里代指不同含义的情况十分常见，这其实容易导致理解上的混乱。好比“柏”和“桂”这两个字。“桂”，在日本指连香树科落叶大乔木，在中国则指木犀科常绿小乔木。桂林的含义就是木犀树之林。木犀花盛开的时候，桂林的大街小巷里都萦绕着木犀花的香气。

1　日本土地或建筑物的面积单位，1坪约为3.306平方米。——译者注（后文无特殊说明，均为译者注）

我于1979年3月到访过广西桂平县。1850年，洪秀全等人举兵发起“太平天国运动”的地点金田村就属于桂平县。如果不是为了太平天国的取材，我大概很难有机会来到这个位于广西深山处的僻静之地。虽然我说它地理位置偏僻，但是在广西壮族自治区的72个县之中，桂平县却是人口最多的。全县总人口达110万，仅县城就有3万的人口。根据日本的制度，人口达到3万的地方就具备了成为“市”的资格，因此，若是在日本，桂平县就是可以成为“市”一级的地方了。

我从桂林乘坐火车大约8小时抵达南宁市，留宿一晚后乘坐汽车去往桂平县城。我在笔记中写道，上午8点从南宁明园饭店出发，下午1点10分到达桂平县招待所。车程虽然长达5个小时，但因为路况不错，我并不感到过分疲惫。总长250千米的道路全程用柏油铺设，但在很多地方可以看到“限速20千米”的标识牌。倘若严格遵守这一规定行车，恐怕这段路程要花10小时以上了。我们的司机笑说：“大概只有那帮铁牛才不会超速吧。”司机所说的“铁牛”，是拖拉机的别称。路边还有不少“禁开英雄车”的标志，我一看就领会到这是禁止飙车的意思。我所搭乘的汽车大约以限速两倍的速度稳步行驶，这个速度也远远达不到飙车的地步。

从地图上看，由南宁开往桂平的线路其实是朝桂林方向返回的线路。从桂林出发向南宁，不知为什么乘坐火车花了8个小时。这是由于地图呈现的距离与实际行驶所需的时间未必成正比吧。目前我居住在日本兵库县神户市，相较于从神户去往同县的日本海一侧的路途，从神户到东京的旅程更加轻松，即使从距离上看后者要比前者遥远得多。这样的感受大概要取决于路况与交通的好坏吧。从南宁到桂平的路况就是这样舒适，虽然我们必须时不时地为水牛和鸭子让路，然而这也十分的惬意。美中不足的是，途中我稍感身体不适，具体来说就是我的肠胃出了些问题。

一旦作息发生变化，我就很容易出现腹泻的情况。那天上午8点从南宁的宾馆出发后，刚过一个小时我就察觉到隐隐的不适。那时正值我乘车朝着东北方向前进，从五塘村进入丘陵地带的时候。

9点07分 过了九塘。山中有石制华表。

9点16分 进入宾阳县境。

我记录中的时间开始变得频繁，这表示我在旅途的过程中开始出现了情绪上的紧迫感。旅行社的一位年轻女性坐在我的邻座，为了以防万一，我还从包里掏出一大把纸巾塞进了口袋。

笔记中提到的“华表”，就像北京天安门前矗立的华表那样，是一种在宫殿、官厅、陵墓等地的入口处树立的石柱，柱体雕刻有各种各样的图案或纹样。我见到的那座山中华表应当是作为墓地的标志而存在的。华表大多为石造，但我却在笔记里写成“石制华表”，可见我当时心志的动摇。

抵达县城大概得10点左右。我感觉自己大概忍耐不到那个时候了，尽管怀着万分羞意，我还是说明了我的实际情况。司机告诉我前方不远的太守村里有一个公共厕所，建议我在那里解决。根据以往的经验，我知道“前方不远”这种说辞有很大的空间，但我下决心忍耐到最后一刻。

汽车恰好在9点30分到达太守村的公厕前。虽说是公共厕所，其实是一行并排的狭长埋柱式小屋，开有10扇门，刚好容下10人同时上厕所。我想，离公厕最近的民居大约在50米开外的地方。在农村，人的粪便是极为珍贵的肥料，正因为每家每户彼此共同劳作，所以才将厕所集中建设的吧。村民们也都从各自的家里跑到此处来解手。虽然附近荒无人烟，总归是带门的厕所。想着终于能一解燃眉之急，我飞快地跑进了公厕。

我并未在公厕里待上很久，解过手之后，随着我把厕所的门“嘎吱”一声打开，眼前的景象令我惊吓不已。公共厕所前聚集了黑压压的人群，其中有不少小孩子。我回忆自己跑进厕所前，四周几乎还没有出现什么人影，这究竟发生了什么？我猜想，此刻村里的孩子们应该都聚在这里了。

我乘坐的汽车“上海”是国产车，停在这个叫“太守”的小村子里尚属罕见，瞧见它的孩子们忍不住好奇，从远处纷纷跑着围过来。直到回到车里，我系上安全带的时候仍在思考，在当今中国最缺少的、最需要补给的东西里面，毋庸置疑，娱乐应当是排在前列的。

即使在标记非常详尽的地图里，也找不到我记忆中的“太守村”这一地名。在省一级的地图集中，过了九塘后的区域被标识为“昆仑关”。矗立着华表的地方和我去解手的地方都是这个被称为“昆仑关”的古战场的一部分。

北宋皇祐四年（1052），广源州[1]蛮族的首长侬智高举兵反宋，攻入广州，宋仁宗派遣枢密院副使狄青镇压叛乱。在这场战役中，部将陈曙因急功近利而擅自领兵进攻，最终大败于昆仑关，全军将士覆没。狄青以陈曙违反军令为由将其斩杀，亲自率兵突袭昆仑关，终于攻破敌军。狄青也因与部下同甘共苦、赏罚分明而在军队中颇有威望。凯旋后，狄青

1 原文写成“源州”，旧称应为“广源州”，为今靖西、田东一带。

被提拔为枢密使，作为宰相处理国政，可谓是北宋首屈一指的名将。前文提及的华表，说不定与狄青有着千丝万缕的联系。

随着我身体状况的好转，这趟路程也逐渐变得惬意且舒适起来。我们未在宾阳县城休憩停留，经过贵县一路向东边的桂平县驶去。考虑到眼下急于到金田村取材，我打算回程时再绕道贵县。说起贵县，以将领石达开为首的太平天国运动的很多参与者出身于这里。

贵县的总人口有108万，仅次于旁边的桂平县，当属广西的第二大县。我曾经先入为主地以为太平天国发端于偏僻之地，如今看来必须改变自己的成见了。大概是因为对金田村与紫荆村这种地名的印象，才造成我所谓的先入为主的偏见吧。实际上，广西发生的叛乱皆起源于人口相对较多的地方。

汽车所行驶的道路北侧，排列着许多在桂林风景照中常见的奇形怪状的大山。与其说是“排列”，不如说是一座又一座山峰从各处拔地而起。道路的南侧则是绵延无尽的低缓山脉。据说，当地人往往把北侧的山叫做“山”或“峰”，而将南侧的山称为“土山”。大概因为“土”字有着“司空见惯的”或是“乡村气息的”微妙感觉吧。桂林的山确实称得上是数一数二的。

贵县多矿山，该地为数众多的矿工都参加过太平天国运动。清政府曾关闭银矿，致使许多人瞬时沦为失业者，这一举措简直像是倒逼民众参与反叛一样。太平天国的起义者在攻城之时，挖掘地道，设置炸药，炸毁了部分城墙，最终得以拿下这座城池。这是太平天国十分得意的战术之一，毫无疑问战术的实行者正是那批失业矿工。

贵县城内有不少四层建筑，仅从车窗向外看，挂着招牌的建筑只有百货商店和林业研究所两栋，其他的几乎都是普通住宅。这些住宅呈现出小型化与公寓化的格局，令我深切地体会到这是一个人口密集的地区。

最近，标语在中国变得越来越罕见了。就在不久前的1979年，标语还随处可见，那些激动人心的文字传递出一种中国人多力量大的感觉。从南宁到桂平的途中，我从车窗向外望时常看见如下标语：

热烈欢迎勇敢战士们胜利归来

这样的标语既有写在拱门上的，也有印在横幅或是条幅上的，目的是欢迎从越南战争中归来的士兵，那时正值中国军队士兵从越南战争的战场上逐渐复员的时期。我曾在南宁市亲眼目睹满载着复员士兵的卡车突然停下来，其中有一人跳下车去与路旁的一名士兵紧紧相拥的场景。我暗自猜测，可能是找到了分属不同队伍的战友，两人热泪盈眶地感慨着“太好了！你居然还活着”吧。

上述这些欢迎条幅都是新做成的，我在一个叫黎塘的地方，看到了正在制作中的条幅。这些标语当中，有我能读懂的具有年代感的条幅，上面写着“庆祝自治区成立二十周年”。鉴于广西省改称为广西壮族自治区是1958年的事，20周年也就是前年了。

广西有36%的人口属于壮族，现在大约有800万壮族人民居住在广西。同时，壮族也是中国人口最多的少数民族。人口位居第二的少数民族是因丝绸之路而为人熟知的维吾尔族，人口大致有400万左右。由此可见，壮族在人口数量上以显著的优势位列少数民族第一位。贵县属于壮族人口众多的地域，我在回程途中路过贵县取材，区别汉族与壮族于我而言实在是困难至极。若参考清代的《广西通志》，壮族不分男女皆崇尚青色，民族服装上以蜡染花纹点缀，颇有华丽之感，领口及袖口均有由五色丝线织成的刺绣。我试图在人群中发现身着传统服饰的壮族人，却未能如愿。大概壮族人在诸如祭典之类的场合才会穿上民族服饰吧。平日里他们身着普通的衣服，实在难以区分。

太平天国“翼王”石达开，出生于一个从广东移民至贵县的家庭，其父为石昌荣，其母为某周姓妇人，也有其他资料（《起义报告》）称其母是当地熊姓僮人[1]，僮即壮族之意。“僮”通常有“僮仆”这样的称呼，有童仆或生手之意，做民族名称使用稍显失礼，因此改称为“壮”字。使用“僮”字这一称呼的话还勉强过得去。清代文献中大多也用“獞”来称呼壮族。

> 12:00 出贵县城外，离开怪山林立的区域后驶进起伏平缓的旷野。这一带种植着一年两熟的水稻和一年三熟的小麦。已经进入桂平县境内了。

这段笔记显示，据我之观察，此后路旁就再难看到怪山奇峰，周围尽是“土山”环绕，土山裸露出来的地表略微发红。

就这样，下午1点10分我顺利到达桂平县招待所，被门前的巨型榕树所震惊。

发源于柳州的黔江与流经南宁的郁江在桂平县城相汇，改称为浔江，流入广东省境内，途经珠江三角洲，最终汇入

---

1 壮族人的旧称。壮族在商周时期称为濮或爽，晋至隋唐称为僚，宋始称为僮，沿用到 1958 年改为现在的壮。

大海。现在的县城从宋代开始建立，在此之前的县城位于西山。西山也称思陵山或思灵山，位于距离招待所开车5分钟之处，我们一行人把行李放下后就立刻奔向了那里。在我们看来，同样是休憩之地，比起百无聊赖的招待所，可供附近居民休闲娱乐、绿意盎然的西山显然是更好的去处。

如果说招待所的标志物是那两株大榕树，那西山的标志物大抵就是因树叶呈鱼尾形状而被称为“鱼尾葵”的树木了。西山有一座建于唐末的尼庵，名为“洗石庵”，其临近的龙华寺如今已经改成了“太平天国金田起义历史陈列馆”。

横渡黔江后就是金田村，从这里举兵起义的太平天国军，两度的渡江战役均以失败告终。之后他们长驱直上，占领南京并改其名为“天京”，仿佛不曾离开过故乡的县城一样。虽然太平天国将桂平县城改名为“秀京”，但实际上看，该地到最后都默许了清朝的统治。从西山的中山飞阁俯瞰下方，河流原来是这样的啊，令人感到十分遗憾。中山飞阁是广西地方派系首领李宗仁为了纪念孙文而建成的楼阁，抗日战争中原建筑被烧毁，现在的楼阁是之后重建的，保存至今。

街边的荔枝树

我曾在南宁市的路边见过芒果树，芒果被写作“芒果”或“檬果”，显然是由外文词汇音译而来，对于中国而言，芒果树可谓是外来的果树了。也许是我孤陋寡闻，在古诗文中我不知任何提及芒果的例子。

桂平的招待所门前立有两株巨大的榕树，榕树前方的路边还种着荔枝树，而且并不高大，应该是新栽没有多久吧。透过招待所的窗户眺望，能看到一位老妇人坐在荔枝树脚下。大概是因为在树荫下乘凉，但也只能坐在那里，因为她若是站起身来，头不免会顶到树枝。

与芒果不同的是，自古以来中国文献里就有关于荔枝的记载，其中最有名的当属一则有关杨贵妃的逸闻。据说杨贵妃喜食荔枝，荔枝却只产于南方地区，如果从产地运至长安，荔枝在运送途中就会坏掉。于是，皇帝下令派快马运送新鲜荔枝，每途经一处驿站就更换一次马匹，夜以继日加急赶路，才得以在7日7夜内到达长安。盖因此举，杨贵妃品尝到新鲜的荔枝，可途中人马折损，沿途百姓苦不堪言。

虽然不知此事是否出于杨贵妃的要求，但可以肯定的是，命令下人特快运送的人是唐玄宗。为了讨得一个女子的欢心而牺牲众人性命，玄宗应当也是心里有数的。

因梅兰芳的出色演绎而被世人皆知的《贵妃醉酒》，是一出表现杨贵妃与梅妃因唐玄宗而争宠的剧目。与杨贵妃针锋相对的梅妃出生于福建省，从南方派出的荔枝紧急输送队所举的就是福建朝贡的旗帜。梅妃听闻运送荔枝的福建地方使到达长安城时，以为娘家人给自己带来了礼品而特意出城等候。然而，地方使一行人并未驻足，快马加鞭赶往杨贵妃的住处。由此可见，杨贵妃不是仅因喜欢荔枝而做出此举，恐怕她还企图以此举激起梅妃的妒意。

杨贵妃的传说太过有名，以致人们每每想起长途运送荔枝这样荒唐事的时候，都以为它始于8世纪中期的唐朝。但实际上，《后汉书》里已有禁止昼夜不息加急运送荔枝的记录。由此条禁令可知，唐朝之前就出现过这种情况。汉和帝（88—105年在位）时期就曾禁止南海郡向朝廷进贡龙眼和荔枝。为了远途进献朝贡之礼，须每十里设一驿站，每五里设一候所[1]，造成“奔腾险阻，死者继路”之景象。运送贡品的差使客死途中，不仅有因奔波于险路的辛苦所致，也有很多丧命于山中众多毒蛇猛兽。一直以来，南海郡的奇珍异果多用于宗庙的供奉，直到毗邻南海郡的临武县县令唐羌[2]上书和帝，“死者不可复生，来者犹可救也。此二物（龙眼与荔枝）升殿，未必延年益寿”。和帝接受了唐羌的意见，下令废除了“荔贡”。虽然颁布该禁令的年代尚未明确，但根据《后汉书》的记载推测，也应是和帝亲政，即窦宪之死（92年）以后的事情了。

历史上还有魏文帝（曹操之子曹丕，220—226年在位）赐予群臣荔枝的记录。据记载，南方的龙眼和荔枝尚且不能与西域的葡萄和冰糖相提并论，龙眼和荔枝仅因罕见而得名于世，只要尝一口就能知其味，或许基于上述考虑，魏文帝才将其赐给群臣的吧。那时正值魏、蜀、吴三足鼎立的时代，闻名遐迩的蜀国宰相诸葛亮在魏国也有相当的知名度。世间对事物的评价往往言过其实，正如时人对荔枝的评价一样，即便是诸葛亮也未必如传说一般，因此对他无须畏惧——魏文帝可能借用荔枝之例试图帮助部下克服应对诸葛

1　相当于现在的政府招待所。

2　字伯游，和帝刘肇永元年间（89—104）任桂阳郡临武县县令。

亮的恐惧心理。

苏轼（1037—1101，号东坡）被贬谪于南方之际，曾在惠州写下品尝荔枝的诗二首。作为文人和政治家的苏轼同时也是一个美食家，名为“东坡肉”的炖肉菜相传为他创制的菜品。苏轼所作关于荔枝的二首诗中，一首是五言律诗，一首是七言绝句，下面为后者引文：

罗浮山下四时春，卢橘杨梅次第新。
日啖荔枝三百颗，不辞长作岭南人。

罗浮山乃广东名山，以赏梅胜地而闻名。传说隋朝时期有一位来此地赴任的地方官，在梦中游历仙境，且偶遇仙子，醒来时发现自己置身于梅花树下。罗浮山的东南方向即为惠州，清末，孙文在此策划武装起义失败。

1094年随着旧党失势，苏轼被流放至惠州。苏轼在上首诗的序文中写道，惠州当地立有一座纪念曾任惠州长官、后官至宰相的陈尧佐的祠堂，祠堂边栽有一株他亲手种下的荔枝树，当地人称之为将军树。此树在那年结满了丰硕的果实，所摘得的荔枝被分给了衙门的官差，流放于此的苏轼也有幸分得了许多。

苏轼虽属流放之人，此前却接连担任过杭州与扬州的地方长官，也在中央做过兵部尚书与礼部尚书之职。惠州知事詹范热情地招待了被贬的苏轼，可是，詹范也因此触怒朝廷，受到了中央的谴责。

总之，苏轼就在惠州嘉祐寺住了下来，他可以享受不似戴罪之人般的自由。他极快地适应了当地的环境，积极地以当地人姿态享受生活。

诗中所写卢橘指枇杷，更早的文献中已出现过“卢橘”这一名称，也被视为英语“loquat”（即枇杷）一词的语源。杨梅，即日语中的山桃。岭南虽为流放之地，气候却四季常春，一年中不断产出新鲜的水果，甚至还有荔枝这样的稀罕物。身处逆境的苏轼就乐在其中。连杨贵妃也难吃到的荔枝，自己居然能每日品尝三百颗之多，如果以之为乐，即使得不到皇帝的恩赦，也心甘情愿做个岭南（广东）人。

序文中提到，常人难以摘到长在高处的荔枝果实，所以须“纵猿取之”，意指请猿猴代人摘取高处的荔枝。将军树好像就是一棵巨大的荔枝树，相较之下，桂平街边的荔枝树宛如幼儿一般。自那次看到之后已数年，大概人们已经可以立于树下乘凉了吧。

在南宁到桂平的途中可见的荔枝大多个头饱满。但除了在公共厕所附近之外，路边几乎见不到芒果。我猜想昆仑关这种边境的场所，同时也是在植物分布的分界线吧。我有种不断驶入深山的感觉，在桂平县城时，县干部曾告诉我：“桂平是日本人足迹未至的地方，不，是不久前迎来了一位。”这个日本人是为了寻求木材而来此地，因为发现能用作牙签的木材而欣喜万分。日本商人开拓海外市场的行为还是很令人惊奇的。

40多年前，日本军队在南宁作战，其目的是切断越南对迁都于重庆的国民政府的物资补给。彼时，来自越南（当时的法属印度）方面的物资补给每月可达6千吨，所有物资必须经广西公路运输至重庆。1939年10月16日，日本方面下达了南宁作战的命令。

南宁本属于广西军阀李宗仁、白崇禧的据点，中国军队抵抗日军的作战比日方预想的要激烈许多。中日两军在古战场昆仑关决战，太守村应当也是战场的一部分。日军的旅团长中村正雄则丧命于九塘，虽说日军最后占领了南宁，可这场战役对日本方面来说是失败的。为何这样定论呢？日军控制了从南宁到海岸出口的钦州沿线，但中方却打通了西北的百色到昆明运送物资的新通道。因此，不久后，日军也从所占领的南宁撤军了。

据当时记录，日军早已预料到，控制广西公路之后中国方面会向百色—昆明路线改道。最初，陆军省的一些人员和驻扎军的军官对于南宁作战计划持反对意见。而且，因为那一年8月已经发生了诺门坎事件，反对的声音就更强烈了。然而，日军的大本营仍一意孤行。

日军料到作战计划可能落空却依然下达作战指令的原因，无疑是轻敌。根据日军比较乐观的推想，己方将取得压倒性的胜利，对手理应沮丧不已而失去开通新的补给路线的意志。

在1939年的南宁作战中，日军攻入昆仑关、宾阳县一带，只是为了在南宁构筑一道防守线。而在40多年后的日本商人，为了寻求制作牙签的木材，带着电脑装备来到了更深处的山林地带。

桂平与桂林和柳州水路相连，旧有“食在广州”的说法，而与之对应的下句则是“死在柳州”。柳州一带森林资源丰富，生产大量优质棺材木，较其他地区也便宜许多，所以才有了“死在柳州”的说法。

在桂平县城，街边树木是尚属幼树的荔枝树，也许以前那里还没栽种过行道树。虽然桂平县被誉为“树木之国”，却可能因此而忽视树木的种植。不止是树木，任何物产如果过度富饶，人们反而容易视而不见，却对稀罕之物追求不止，这是人之常情。魏文帝曹丕将荔枝赐给渴望品尝荔枝的家臣，并让他们将其与葡萄和冰糖相比较的故事，的确要时常回味。

刺桐城清净寺

1984年4月7日清晨，我在福建省泉州市一处名为华侨大厦的宾馆里醒来时，有种置身于六甲山房的错觉，因为我仿佛听到了似曾相识的喧哗声。擦了擦惺忪的睡眼，我才意识到外面的喧哗与以往的并不一样。时钟的荧光指针正指向6点半，我恍然大悟，自己已置身泉州，窗外的吵闹声并非来自六甲山房对面的学校，听上去人数应更多一些。莫非是小学？我起身掀起窗帘，眼下没有预想中的学校，而是一大片自由市场，我听到的喧哗声正来自于此。

我邻床的妻子说在凌晨4点就被吵醒了。可能我的神经比较大条，一直熟睡到了6点半。据妻子说，自由市场最热闹的时候已过，现在已是接近尾声了。透过窗户向外望去，比起步入市场的人，确实从市场中走出的人要更多些。

泉州是个令我十分怀念的地方，少年时，我在假期回到故乡台湾，只要有祭祀活动，就会请一位道士念诵一篇极长的青词（即祝词），我感觉甚是无聊，青词中出现过“泉州府同安县……”的描述。青词是一种向玉帝祈愿的祝词，祈愿时若不说清自己的地址，玉帝就有可能错将恩惠降于别处。所以在青词中会言及“泉州府同安县”，且是在青词的接近末尾处。只要出现“泉州”，就表示快结束了，我就会十分高兴只需再忍耐片刻就将迎来祭祀活动的尾声。

旧时的泉州是个贸易港，无疑早在唐代就有外国商人到此经商。唐朝覆灭后，进入五代十国割据时期，传说被南唐封为晋江王的留从效加固城墙时，沿着城墙边栽下了刺桐。留从效原是闽地（今福建）掌权者王审知的部下，王审知之子王延政即位之后，王氏向南唐投降。趁混乱之际，留从效拿下泉州与漳州两地，南唐无可奈何，只能封他为王。留从效入主泉州正是公元944年，不久后他就命人植下了刺桐。泉州的街道似鱼形，被称为“鲤城”，别称“刺桐城”。马可·波罗由此地乘船回欧洲时，在记录中称泉州为“zaiton”[1]，约莫是刺桐的音译。

刺桐在冲绳语中叫“deigo（デイゴ）”，刺桐的汉字字

1　刺桐的日语读音。

形体现其形态，它是一种枝丫上长满荆棘的植物。我在泉州开元寺内看到了刺桐，树形巨大，据说初夏时会开满蝶形的红色花朵，4月上旬离花期尚早。虽不知现在的泉州还留有多少株刺桐，眼下在开元寺以外却没有见到。10世纪前后，刺桐沿城墙而立，实属令人印象深刻的一道风景。就像现代人种枸橘做篱笆，沿墙种刺桐的想法也不足为奇了。

比之现代的旅客常常对自由市场的喧哗声惊讶不已，过去的旅人在泉州听到这不习惯的声音时，也难以自制地产生某些奇思妙想吧，这就是伊斯兰教寺院中盛行的“唤礼”（Adhān）声。担任“穆安津”一职的宣礼员登上高塔，向教徒宣布礼拜时间开始，敦促穆斯林做礼拜，这个声音就是“唤礼”。

在中国，伊斯兰教寺院被称为清真寺或清净寺，而在泉州却将其统称为清净寺。清净寺内留有刻着阿拉伯文的残碑，尚能辨认出，“希吉来历（伊斯兰历）710年（1310）重修此寺，此寺创建于希吉来历400年（1009）”。如果是公元1009年的话，则为北宋真宗大中祥符二年，重修则为元武宗至大三年。那座清净寺至今仍位于泉州城的中心位置。

有许多被叫做“藩客”的外国人住在泉州。其中有被认为食量极大的阿拉伯人，也有大批伊朗人。泉州出土的与伊斯兰教有关的石刻，除了阿拉伯语之外，还有不少刻着波斯语。从南宋末期到元代初期，泉州一直处于“藩客”蒲寿庚的统治之下。蒲寿庚虽然被称为“藩客”，他父亲却是从广州迁居至泉州的外地人，而蒲氏在移居广州之前长住于四川。他的六代先祖蒲宗孟，在北宋神宗元丰五年（1082）时曾被任命为尚书左丞。宋神宗后来又将此官职改名为参知政事，相当于副宰相，王安石之弟王安礼与他同为尚书右丞。《宋史》的《蒲宗孟传》写及蒲宗孟的奢侈铺张，每天上午宰杀十头羊，点上三百支蜡烛。不止如此，蒲宗孟每天要盥洗，分为小洗面、大洗面、小濯足、大濯足、小澡浴、大澡浴，常令十几名婢女服侍他，每次沐浴都要用上五斛[1]热水。

从蒲宗孟担任副丞相到后来蒲寿庚在泉州拥有势力，大约过去了200年。令人惊讶的是，蒲寿庚依然被泉州人称为“藩客”。副丞相的后代在泉州担任“提举市舶”一职，也绝不是特例。蒲氏在中国生活了许久却仍然被叫做“藩客”，世代被冠以西域人头衔，也许是因为他们惯守着自己的生活习惯。

蒲大概是复制了阿拉伯语中的“abū”音，蕴含着“父

1　中国旧量器名，亦是容量单位，一斛本为10斗，后来改为5斗。

亲”之意，多用于阿拉伯人的人名。蒲寿庚本是南宋高官，后投降元朝，残杀南宋宗室而得到元朝重用，在中国的评价很不好，大概这也是他一直被视为外来者的原因之一。忽必烈远征日本之时，蒲寿庚受命建造兵船，因此他在日本人心中印象也不佳。然而，我们也应该看到历史的侧面，比如蒲寿庚奉命造船，盖因皇命难违；南宋宗室残暴不仁，原本就遭泉州人民憎恨不已。

现在我们在泉州能参观的伊斯兰教寺院，就是前文提及重修于1310年的那座清净寺。史书对蒲寿庚留下的最后记录停留在1284年，寺院重修时他在世与否已不可考。那已是蒲寿庚之子蒲师武担任福建行省参知政事的时代了。

当时的中国，孔孟儒教对人们思想的影响占压倒性优势，且渗透进人们生活的方方面面。身为朝廷高官，想要坚守住自身宗教信仰相当不易。

在清净寺为我们引路的青年人说，“现在，泉州的阿拉伯后裔约有3万人，我就是其中之一。”他并非寺院的工作人员，而是当时正巧没人，住在附近的他就“临危受命”了。青年人姓郭，长相和我们完全相同。

信仰在当代究竟发生了怎样的变化呢？乍听这一问题可能会一头雾水。在西安市，人们有星期日去伊斯兰教寺院做礼拜的习俗，教徒们的信教热情也感染到此地，该传统也被沿袭至泉州的伊斯兰教寺院。我们拜访清净寺的那天是星期六，非常遗憾没能目睹那场面。

自由市场的喧哗声是普通人在物质生活方面沸腾鼎盛的象征，而精神方面的象征，当为信教者的礼拜。我在半睡半醒间听到的自由市场的喧哗声，与我在西安和丝绸之路的城镇上感受到在寂静中进行却又充满热情的礼拜氛围，二者奇妙地融合在了一起，在生活的根基处奇妙结合。

桑原骘藏对蒲寿庚的考证可谓十分详尽，他引用顾炎武的《日知录》，记载了明太祖曾下令禁止蒲寿庚的子孙为官。我在泉州拜访了伊斯兰教寺院，还去了伊斯兰教圣人墓。那里还有明永乐十五年（1417），郑和向霍尔木兹海峡航行时，到泉州参拜（行香望灵）的纪念碑。立碑之人是当时任镇抚的蒲日和，这样看来，他是否也是蒲寿庚的子孙呢？又或者明太祖禁止蒲寿庚的子孙为官应该只是一时的禁令？关于《聊斋志异》的作者——清代的蒲松龄在70岁以前经历数次科举落第之事，世上也流传着一些说法，比如因为他身为蒲寿庚的子孙，或者因为他是阿拉伯后裔之类的。

那晚，我在距宾馆稍远的地方听到了“南曲”。与盛行于花柳界的热闹“北曲”相比，“南曲”则多流传于读书人之中，由文人随雅兴而演奏。南曲的主要演奏乐器是笛子，甚至被称为“笛乐”，此外还用月琴、胡琴、小铜锣、拍板等乐器伴奏，可谓皆由民族乐器演奏而成。南曲虽优雅，却类似于日本的谣曲，久听便单调乏味。正襟危坐而听曲，久坐则乏；短时间听之则颇具雅趣，作诗之意油然而生。静听南曲演奏时，我不由得忆起了在我小学时期就早早过世的祖父。

回到宾馆后，我品读了当地诗人的诗集。中国人有在元宵节（农历正月十五）与友人集会赋诗的风俗，此诗集即为元宵节的应景之作，题为《泉州癸亥春灯诗刊》，出版于1983年，出版者为诗人们自发结成的“刺桐吟社”。诗集中，一位名为傅佩韩的诗人吟咏了一首关于伊斯兰教寺院的诗文：

清真寺历千年古，
法式真堪树典型。
万里传经人去后，
穹隆门自立苍冥。

该诗流露出诗人感慨伊斯兰教的传教者离世后，穹隆门人去楼空的寂寥之情。虽说泉州的藩客后裔还有3万人，但随着入海口河沙沉积、河港变浅，泉州贸易港的地位已被厦门代替。不能否认，泉州的全盛时期已经过去了，然而，它作为繁华国际贸易港的历史依然会留名千古。比如，泉州完好地保存了南曲这样的民族传统艺术，这使它具备了一个国际化都市必需的气质。

不起眼的小镇

福建省北部有个崇安县，我曾经在1980年到访过。而且早在15年前，我就在小说《鸦片战争》中提到过这个地方，我是这样写的：

> 终于可以看到崇安的城墙了。崇安县城属建宁府管辖，当时道光帝在位，为避皇帝旻宁之名讳，建宁府在道光年间被改称“建甯府”。崇安县城方圆五千米的旧城墙已严重损毁，破败处长了些杂草灌木。或许，这荒废的城墙预兆着现时的和平呢。

若问偏居深山一隅的崇安县为何会出现在鸦片战争中，盖因崇安曾是重要的茶叶产地。英国为了扭转因大量进口中国茶叶而产生的贸易逆差，决定向中国输出鸦片，鸦片战争即肇始于此。

关于此次崇安之行，我或多或少有些心虚。原计划在崇安县城歇上两夜，却没料到所住之处杂草丛生、一片荒芜，对这里这样说长道短我感觉有些失礼。即使最初我在小说《鸦片战争》中描绘的19世纪30年代的崇安，也不至于如此荒凉冷清。我承认，小说中对崇安县城的景象描写皆出于我的主观创造。小说写成的15年后，我终于踏足此地。此时此刻，意识到想象与现实的差距也是理所当然的事情吧。

我们的旅行从福州开始，乘坐面包车直至到达崇安。清晨，我们从福州出发，中午在古田县城歇脚用餐，当晚住在了建瓯县城。第二天，我们继续沿着建溪北上，途经建阳抵达崇安。

提起福建古田的时候，大家自然会想起著名的“古田会议”，1929年，红军第四军在此召开第九次党的代表大会，会议通过了毛泽东起草的决议案。然而，虽然同在福建省，但此古田与彼古田实则同名异地。“古田会议”之“古田”位置偏西，属于毗邻广东、江西两省的龙岩地区的一个小村庄；我们用餐的古田则是个有数万人口的县城，且周边因烧窑而闻名。战前，因道路施工发现了被掩埋的古窑遗址，还在此处挖掘出土了明代的青花瓷器，据说与景德镇的青花瓷极为类似。

古田县群山环绕，重峦叠嶂，面向河川的一侧是依山而建的梯田。鳞次栉比的梯田从山脚一直盘绕到山顶的壮观景象令我印象深刻。日光时而反射于山顶周围的梯田之上，与我鼓噪的心跳声形成了奇妙的共鸣。古田县不仅开垦了面积广大的梯田，还种植了数量众多的茶树，年产茶叶13000担[1]，可谓是极具规模的茶产地了。

我们离崇安县城越来越近，却没能寻见小说中描绘的150年前的古城墙。绕城一周的古城墙曾经发挥了重要的护城作用，但现在在多数地方都妨碍交通，不适应地方自然发展，如今已有许多城市将过去的城墙拆除。崇安县城也是依循了时代发展的潮流。

我写崇安的城墙长达5千米，是在某处文献中寻得的依据。学术论文需要严谨地将依据、出处标于注释之中，可是小说体裁，我就没有具体标注，并且我自己也实在忘记了究竟此依据出自哪里。出行之前，我仔细翻阅了手边的《读史方舆纪要》，其中关于崇安城墙有“五里有寄”之描述，“有寄”无疑为零数之意。《读史方舆纪要》属清代文献，因此全书皆遵循清代的度量衡，一里即576米，“五里有寄”

1　市制重量单位，1 担等于 50 千克。

则意为最多不过3千米。可如今古城墙已不复存在，究竟哪个是正确的也就无从考证了。

城墙的长度问题尚属细枝末节之事，重要的是想象与现实之情景存在的差异。归根结底一句话，就是有很大的落差。在写小说的时候，我一边看着崇安地图，一边自以为是地想象它会是位于大山深处的乡间小镇，崇安也确实如此。只是在我的想象中，崇安仿佛一个依山而建的小村镇，四周群山连绵，城墙也随之蜿蜒起伏。然而，现实中崇安的地形十分平坦，几乎看不到起伏的山脉。此处虽然靠近武夷山脉，但却是处平坦开阔的山脚地带。

我所描绘的崇安，给人一种闭塞之感，而景致也不够大气。但现实中的崇安则开阔许多，景色也更为壮观。这样说来，我是否应当修正此前的描述呢？回顾上文内容，除了把“周围5千米”改为“3千米”以外，我认为别处并没有修改的必要。因为除了写崇安的城墙边杂草丛生之外，我在行文中尽可能避开了直接的景物描写。

崇安以产茶名镇而闻名于外，这从150年前至今从未改变。我所参观的崇安茶厂，是由1938年设立的中国茶叶研究所演变而来，我们在这里体验了品茶的过程，即用猪口杯大小的容器饮用乌龙茶，来猜测茶叶产地和名称。我观察茶厂的专家的做法，就是茶入口后，在口中凝神不动，最后闭紧双唇，左右移动，专家解释说“这是为了用唇齿品味茶香”。我们观察着专家品茶的样子，似懂非懂地领悟了品茶的要领。这样的鉴茶人被称作“茶师”，茶师也分等级，据说晋级非常困难。

如果说可以推断茶叶产地，也只是在大范围内判断，比如该茶叶产自武夷山还是安溪，似乎还比较简单。然而，同产于武夷山的茶叶，茶叶产区的划分非常细腻，要猜中各种茶叶的小产区则相当不易。茶厂的人对我们说：“至少请将水仙和铁观音区分出来吧。”水仙产自武夷，铁观音产自安溪，分别是两地代表性的乌龙茶品种。主任给了我们一些提示，“你们读过《西厢记》吗？武夷茶就是崔莺莺，而安溪茶就是红娘。”

《西厢记》是根据唐代元稹的《莺莺传》（又名《会真记》）改编而来的元代戏剧，可谓是元曲的巅峰之作。虽说《西厢记》是出戏曲，但它作为中国罕见的阅读性剧本，被许多读书人拜读。不识字的人也可以通过观看戏剧表演而熟悉它的故事情节和出场人物。《西厢记》是围绕张君瑞和崔莺莺的爱情线索展开的故事，两人最终跨越了礼教制度的束缚而结为了夫妇。可是剧中在两人的感情发展中，乖顺的崔莺莺几番犹豫，不断鼓励她、引导她投奔爱情的是侍女红娘。红娘是个明朗爽快而又聪明伶俐的自由恋爱主义者，在读者中拥有极高的人气。所以，喜欢崔莺莺的人不少，喜欢红娘的人也甚多。红娘的人物性格是非常开朗、直爽的，换言之，她喜欢把一切都表露出来，是个不懂得含蓄为何物的女子。而最终时刻仍犹犹豫豫的崔莺莺，令人感受到不够果断的另一面，却也展现出贤淑端庄的气质。用闻名天下的两位美女崔莺莺与红娘的性格比喻茶叶，确实非常形象地描绘出茶的味道。在这一提示之下，即使如我一般味觉不灵敏的人，也勉勉强强地懂得了鉴别。

据说，从清明（4月5日前后）至谷雨（4月20日前后）期间采摘的茶叶比较好，或者说是社前（社日之前，社日指立春之后的第5个戊日），这两个阶段基本属于同一时期。我抵达崇安之时正是4月13日，恰好是最适合采摘茶叶的日子。

我在武夷山看到了著名的“大红袍”，“大红袍”是生长在断崖之上的三株茶树，具备了作为茶树生长的所有优越条件，因为是献给皇帝的贡品，享受特殊待遇。然而，现在这几株茶树已是进贡给清朝皇帝的茶叶的隔了不知多少代的“后裔”了。茶树所在的断崖虽险，却也是常人可以登上的。看着司空见惯的茶树，我的第一反应其实是——这三株茶树的叶子一共才能泡几杯茶呢？现在来看，我的想法确实有些愚蠢可笑了。

北宋时作贡品的茶叶被命名为“乙夜清供”“玉叶长春”“万寿龙芽”“承平雅玩”“瑞云祥龙”等，一听就是令人十分诚惶诚恐的名称。把茶叶用黄色的绸缎包起来放在一寸四方的容器里，仅能泡三四杯茶的量就可以卖出40万钱。为了将福建产的新茶及时运送至朝廷（当时北宋的都城为现在的开封市），官府不惜劳苦沿途百姓，苏轼等人还批判过这一过分行为。虽然皇帝急欲饮用新茶的心情可以理解，但是不应给百姓造成麻烦。就此观点而言，我是赞成苏轼的。

当我们到达崇安县的招待所时，同行人都面露喜色。招待所内不仅有一间浴室，还设有可冲水的厕所。要知道，前几天我们在建瓯县留宿的招待所里可是没有这些设备的。

虽然我们因为崇安县招待所的可冲水厕所而万分激动，可崇安确确实实没有任何令人印象深刻的看点。崇安城在被城墙围住的时代，应是有过属于自己的整齐性，而没了城墙之后，竟让人觉得杂乱无章。我不知道崇安县城过去的样子，所以没有将其今昔对比的资格。但是，至少在写小说的时候，我想象中的崇安县城是一座城镇的风格，但这也只是我一厢情愿的想象罢了。

这样想来，崇安这座小镇，大抵是作为茶叶的附属品而存在的。正因为有茶叶才有的小镇，比起崇安县城，产茶地武夷山才更能被称为“主人公”。而且武夷山不仅仅产茶，也是享誉盛名的中国名胜之地。同属县城的建瓯县地域更广，可崇安县招待所的条件却好过建瓯，皆因游客甚众的缘故。抛开茶产地这一附加条件，崇安和建瓯并无差别。

来自日本的游客尚且寥寥，而东南亚的华侨中多有出身于福建者，趁归国省亲之时，越来越多的人来到有名的武夷之地。最近，我听从武夷游览回来的人说起，那几株著名茶树“大红袍”的断崖边上已经安上了防护栏。

我在崇安停留的三天还是非常开心的。不论是茶的幽幽香气、武夷山的绝妙景致，还是传说中的“大红袍”，一幕幕都仿佛昨日一般令人记忆犹新。但是，若说我对于崇安县城的本身印象，却不可思议的模糊，可以说只有与我小说中描绘的崇安城之间的落差令我印象深刻。甚至可以说真的有过崇安这样不起眼的小镇吗？——这感想的无礼程度超越对杂草丛生的描述，却是事实，实属无奈。

酒泉传说

时隔九年重访敦煌，我们乘坐螺旋桨飞机从兰州飞往嘉峪关机场，夜晚就在酒泉县城住下了。想起1975年的时候，我坐着火车花了一整天从兰州到酒泉，在酒泉留宿一晚，第二天又乘吉普车到了敦煌。

说起来，这是我第二次住在酒泉了。1973年，我乘坐从乌鲁木齐飞往北京的飞机，还曾在酒泉机场停留一小时左右补充燃油。

“咦，何时建成的嘉峪关机场？”我看到行程表时，猜想嘉峪关机场是新建的，抵达后却感到似曾相识。1973年的旅行对我而言意味着探索丝绸之路的开端，因此，那段记忆依然历历在目。下了飞机，我说：“这里像极了酒泉机场。”前来迎接的人解释道：“啊，这就是以前的酒泉机场。今年6月刚刚改了名字。”

机场地处郊外，所以此处既算是酒泉县城的郊外，又算是嘉峪关市的郊外，离酒泉和离嘉峪关的距离相差不多。有火车站名为“酒泉站”，许是机场也叫“酒泉”显得不太公平，亦或是为了便于清楚区分火车站与机场，总之就在我们到达的两个月前改名为“嘉峪关机场”。

关于“酒泉”这一地名，我曾在1973年旅行途中，听“酒泉机场”的女服务员说起过，我在文章《敦煌之旅》里介绍过。

汉代李广将军到达此地之时，当地的父老乡亲献酒给他。将军说：“这些酒我一个人喝不完，量也不够分给数千部下，不如把全部的酒倒入城下的泉水中，用水稀释加量，也足够分给全体将士。”据说，就是为了纪念李广将军倒酒入泉体恤部下这一事迹，当地人改地名为“酒泉”。

李广是汉武帝时代的名将。传说他曾把石头看成老虎，张弓射虎却把箭深深射进了石头里，因而名扬四方。《史记》中记载：“广廉，得赏赐而分其麾下，饮食与士共之。终广之身，为二千石四十余年，家无余财。”与匈奴的漠北之战中，李广迷失道路而未能参战，自杀身亡，是一位命运充满悲剧色彩的将军。《史记》还记述道：“乏绝之处，见水，士卒不尽饮，广不近水；士卒不尽食，广不尝食。”此句恰恰印证了李广乃酒泉传说的主人公。但是，最近的游览手册里却把酒泉传说的主人公写成了霍去病，而且倒入泉中的酒也不是父老乡亲献的酒，变成皇帝御赐的酒了。究竟是十多年前的女服务员记错了，还是我听错了呢，或许有可能是霍去病一说弄错了。传说之所以为传说，流传着几种版本也属常事。

霍去病在李广离世两年后故去，是享年仅24岁的青年将军。他年纪轻轻就担任将军之职，概因身为外戚，武帝也十分器重他，在霍去病从军期间给了他大量赏赐。由此，假设传说的主人公是霍去病，那么酒就一定是御赐的了。但是，如果参阅《史记》的下述记载，我认为霍去病作为酒泉传说的主人公有点差强人意。“然少而侍中，贵，不省士。其从军，天子为遣太官赍数十乘，既还，重车余弃粱肉，而士有饥者。其在塞外，卒乏粮，或不能自振，而骠骑尚穿域蹋鞠。事多此类。”文中的“骠骑”指的是有“骠骑将军”之称的霍去病。武帝在霍去病出征的时候，赏赐了装满物品的数十量大型辎重车。可是，当霍去病凯旋之时，丢弃了许多米和肉，与此同时，他的士兵中还有一些人在忍饥挨饿，骠骑将军却根本不在乎这些事情。出征塞外，粮食短缺，士兵们因食不果腹蹒跚而行，此时的霍去病还建设场地、踢球游戏，沉溺享乐之中。这只是其中一例，关于霍去病的类似逸事还有很多。

这样的人会是酒泉传说真正的主人公吗？是酒剩余太多，或是酒质不够美味，骠骑将军不喜饮用，于是将其倒弃于泉水之中，可怜的士兵们争先恐后地去抢泉水喝？若是将传说改成上述版本，倒有可能符合霍去病的形象，这样的话，酒泉传说就不再是美谈，而变成一段残酷的历史故事了。

有关酒泉传说似乎编写得有些过于美好，关于地名的由来，这一类的话题还有很多。然而，同样一个“酒泉”之名的传说，《甘肃通志》中却出现了不同的记载。书中称，福禄城的谢艾筑城之时，在城下发现了金泉，而金泉之味甘甜如酒，因此以“酒泉”命名此地。我觉得这一传说更为可靠，因为《汉书》中颜师古的注释也印证了此事，即“旧俗传云：城下有金泉，泉味如酒。”

汉武帝在位时，在河西（黄河以西）临山的回廊状区域设立了四郡，自东向西分别为武威、张掖、酒泉和敦煌。唐代依循道、州、府、县的制度，因此汉代的河西四郡分别相当于凉州、甘州、肃州和沙州。顺便提及一下，中国有很多从省中选取有代表性的两个州名字合为省名的例子。甘肃省是将甘州与肃州，也就是张掖和酒泉两郡合并而名。福建省则是采用福州与建州，安徽省是采用安州与徽州。如此看来，酒泉可谓是极为重要的地区。汉代设立酒泉郡是在元鼎六年（前111）的时候，那时距李广与霍去病死后不久。从时间来看，地名与两位将军的事迹相结合的说法也能令人信服。

将弓箭射入巨石之中的李广将军最终自杀身亡，他的家族之后也一直时运不济。李广育有三子，名为李当户、李椒和李敢，前两子早早离世，小儿子李敢则被霍去病暗杀。李广的长子李当户留有一名遗腹子，名为李陵，曾与匈奴作战，刀折矢尽而投降匈奴。李陵的悲剧曾被中岛敦写成同名小说《李陵》，日本的读书人中有不少熟知他的故事。

据说李广祖先是秦代的将军李信。秦始皇有意攻打楚国时，秦国的老将王翦回复称自己需要60万兵力，而李信却表示20万兵力足矣。于是，秦始皇派李信和蒙恬率20万兵攻楚，却以战败告终。李氏一族似乎从祖先开始就运气不太好。

李广故去400多年后，他的16代子孙中有一位名叫李暠（351—417）者，是李广的小儿子、被霍去病暗杀的李敢的后代。这一系属于甘肃的名门望族，家族中出了几位郡太守。正值十六国的乱世，李暠建立了十六国之一的西凉。

武威的州名称为凉州，但也偶有将广阔的甘肃西部一带地区称为“凉”的说法。那里土地荒芜一片，用“凉”来形容倒也形象。

后世的历史学家人为地划分了西汉、东汉、北魏、东魏、西魏等朝代，而在历史上，对当时的王朝只有汉朝与魏朝两种称呼。十六国的时代，该地称为“凉”的地方政权就有五个，历史学家在“凉”字前冠以“前、后、南、北、西”，用以区分五者。李暠原为北凉的县令，随后在敦煌自立政权，405年迁都至与先祖颇有渊源的酒泉。然而，李暠在与北凉的斗争中战败，他死后，其子继承大权，却被北凉击溃，使西凉成为仅延续了21年的短命王朝。

河西走廊是中原地区与西域地区的交界，现在这里拥有火车站和邻近的机场，其作用也依旧如此。酒泉的市中心还保留着昔日的鼓楼，登上鼓楼就能一览酒泉的景色。鼓楼的四面各悬挂着一幅题字匾额，写着“东迎华岳”“南望祁连”“西达伊吾”“北通朔漠”。

传说中注入了酒或者传说中酒香四溢的清泉，就位于酒泉公园。用所谓“酒香”来形容，是为了表达泉水之甘甜吧。古时候这里被叫做“河西四郡”，无疑是沙漠中的绿洲。对于横跨沙漠跋涉而来的行人而言，绿洲中的水不可谓不甘甜。张掖郡的州名为甘州，据说也是由于南门内的泉水极为甘冽，被称作甘泉而得名。

酒泉公园中有一块刻着“左公柳”的石头，提示此处有一株清末左宗棠亲手栽种的柳树。左宗棠受过林则徐的知遇之恩，是清末的政治家、军事家。他曾镇压过太平天国起义，近代人们对于他有一些负面评价，还将他与曾国藩、李鸿章一同列为“大汉奸”。然而，左宗棠也朝对中国有利的方向成功修改了中国与沙俄所签订的不平等条约《伊犁条约》，人们不应该忘记他的历史功绩。我听说，如今中国正在对左宗棠进行重新评估，这刻字的石头看上去也很新的样子。

为了平定阿古柏之乱，左宗棠率兵从兰州攻入新疆，沿路还令人种下许多柳树，受其恩惠的人们把这些柳树称为“左公柳”，可谓是一桩美谈。左宗棠率领的先发部队抵达乌鲁木齐时，后发部队还未从兰州出发。面临短时数万士兵的驻屯，不论是多大的绿洲，泉水都可能干涸枯竭。因此，左宗棠命部队分批行动，沿途栽种柳树，为后续的部队留下可供乘凉的绿荫，真是一个慢吞吞的传说啊。

9年前，我在县里的招待所里留宿，睡在很高的床上，底下是光秃秃的水泥地，时不时担心一翻身从床上跌落的话会受伤。这次的酒泉宾馆非常豪华，免了上次的担心，房间内甚至还提供了彩色电视机。傍晚，服务员过来提醒我，“山口百惠的电视剧就要开始了哦。”她说的是电视剧《血疑》。据同行的E君说，他在散步的时候看到一张宣传“舞会”的海报，以为能看到民族舞表演，交钱进去却发现那里正在举办一场舞会。这样说来，看到电视中的山口百惠说中文也没什么值得惊讶的了。我真切地体会到酒泉的确与过去不一样了。

孔子之城（一）

最近阅览报纸，看到有报道说中国要把孔子的故乡曲阜作为旅游地重新开发。那么在不久的将来，曲阜这座城市应当会面貌一新吧。

我曾在1980年5月去过曲阜。当时“批孔”的浪潮刚刚退去，孔子的声名也大概得到了恢复，但孔子的故乡曲阜，还不怎么能看到游客的身影。在孔子后代居住的孔府，工作人员邀我在游客签名簿上签名。我翻开签名簿，看到了半年前来过孔府的舍弟的名字，和我的签名不过间隔10人左右。即使来过的游客不是人人都留名，也能明白曲阜还不是什么游客纷至沓来之处。毕竟恢复之前推倒的石碑工作也才刚刚告一段落。

还有报道提到要为游客建造宾馆，具体不知道是要把我当时落脚的孔府招待所建成高层建筑，还是在孔府外新建宾馆。曲阜的主要观光地主要有三，分别为孔庙、孔府、孔林（孔林即为孔氏一族的墓地），合称“三孔”。我虽在曲阜住了两晚，但也只参观了“三孔”而已。现在不论我怎么回想，脑海中也浮现不出那时曲阜城的样子。孔林在市郊，所以去参观时应当是坐车穿城而过了。即使如此，曲阜的市容市貌却也经不住这五年岁月的磨蚀，这也许可以从另一个角度反映出“三孔”给我留下的印象是如此的强烈。

但亦或是因为那时的我都是昏昏沉沉的状态，当天我于凌晨1点57分坐着列车从洛阳出发，列车的软座车厢比起日本的卧铺列车更加宽敞，但我在摇晃行驶的车中难以入眠，所以一路上都睁着眼。11点38分时先到达了徐州。中午转乘发往兖州的列车，下午3点50分又到了兖州。到了兖州后坐上轿车，25分钟后才终于到达了曲阜。当天我的脑中一片混沌，这种状态一直持续到第二天。

中国是王朝交替比较频繁的一个国家，也因如此，严格说来，几乎没有什么家族是完全意义上的从古传到今。硬要说有的话，孔家应该是其中唯一的一例。究其原因，则是因为自汉代独尊儒术，并将孔子奉为圣人。历代王朝都供奉孔子，超越了现实政治的存在，这样形容听起来比较冠冕堂皇，但实际上也就是某种不持有实权的象征而已，只是进行推祟。由于是象征，所以不会构成威胁，而且可以随时加以利用，大概也正是因为如此，孔氏一族才能做到血脉绵延不断。

当权者通过礼遇孔子后裔来提高世间对自己的评判，而反对势力在打倒当权者后也会继续做同样的事情。

即使没有掌握实权，嫡传本家的位置也是相当有魅力的，既能受人尊敬景仰，获取名誉，又能继承家族积累的巨大财富，过上富足的生活。

唐朝刚刚倾覆之时，曲阜孔家的嫡传本家是孔子41世孙的孔光嗣，他在动乱的五代之时为同族的孔末所杀。其子孔仁玉得到母亲一方亲戚的庇护四处藏匿，长大后回到曲阜，即为孔家嫡传第43代。孔家为世人所知的同族相残只有这一次，而被掩盖的纷纷扰扰或许数都数不清。

如今的孔氏嫡传第77代孔德成，1920年出生于曲阜，现生活在台湾。参观孔府时，导览者向我们介绍：“这就是孔德成长大的地方。”孔府的纪念品商店里出售孔德成的著书，均价格不菲。

说是嫡传，但孔家在流传到第77代的漫长时间里，也出现过数次直系无人，只能从近亲处立嗣的情况。第76代的孔令贻也是未能留下后嗣就去世了。

虽被视为高于政权，但不管怎样这尊荣也是实权者赐给的，所以在金和北宋、南宋朝廷对立的时期，孔家的嫡传本家也分裂成两家。

北宋国都开封城陷落后，宋高宗南渡，1127年在杭州建立了南宋政权。当时的曲阜孔家嫡传是第48代的孔端友，由于山东也被划入了金的版图之中，孔端友也就携着族人一起南下了。

金是女真，而非汉人建立的政权，但金的当权者也同样供奉孔子。正是因为他们并非汉族，所以更要努力控制统治下的汉族人心，而礼遇圣人后代，对金政权来说则正是省钱省力的一步好棋。既然嫡传的孔端友已携家眷南下，金政权就再立其弟孔端操之子孔璠为嫡，形成孔家的“南北朝”局面。南下的孔族移住至浙江衢州，从地理位置上看，衢州虽在浙江腹地，但是靠近福建和江西的僻地，不留情面地讲，可以用闭塞来形容。

孔氏分裂时期，通常将留在曲阜并被金政权支持的一方称为北宗，移住浙江的一方称为南宗。日本南北朝时的分裂局面也与此一模一样，传统历史观点将据点在吉野的南朝视为正统，但实际上被足利氏拥立的北朝更为强势，最终天皇皇位也是从北朝的后小松天皇[1]手上往下传承。孔氏的情况也是完全一样，孔子族系中将第48代孔端友到53代孔洙的南宗视为正统。但后来元朝代替金朝后继续支持曲阜的北宗，北宗也因此更为兴旺，南宗在元灭南宋后自然消亡了。元朝一统江山，孔家由北宗完成了南北合一。北宗第8代孔浣之子孔思晦，被封为孔家第54代嫡传者。他的立场和日本北朝后小松天皇的立场是完全一致的。

元朝政权由蒙古族人建立，和金一样是非汉族政权，他们和女真人采取了同样的优待孔氏家族的政策。元政权对孔庙进行的巨大变革，其影响流传至今。也许说法有些夸张，但可以称作中国道德史上划时代的大事件，这就是女性可以进入孔庙。元朝之前，孔庙一直严禁女性入内，而在元至大元年（1308），元朝皇帝（武宗）带着妹妹一起礼拜了孔庙，这一举动打破了女性不可进入孔庙的禁锢。

有一种说法认为，非汉族势力不断南下而带来的新鲜血液，使中国能不断地保持活力，鲁迅也曾经肯定了这种观点。元朝皇帝的妹妹是蒙古族人，她通过消除一条完全不合

1　1382年被立为天皇，1412年退位，一休和尚据说就是其私生子。1392年，因南朝的后龟山天皇接受足利义满的条件，将神器交还北朝，从而结束了南北分裂的局面。

道理的规矩，为中国做了极大的贡献。如若没有这样的人破除陈规旧习，那么不合理就会一直被保留，最终社会也只能渐渐陷入停滞和后退。

孔庙中保存着大量的石碑。既有在造碑亭内进行保护的，也有立在露天之中的。碑亭计13处，亭内保存的石碑据说共有53块，记载了元朝公主来访之事的石碑就是十三亭碑之一。碑文记载时除了使用汉字，还使用了蒙古文和八思巴文。蒙古族在成吉思汗时代前一直没有自己的文字，因此我们现在称作蒙古文字的，实际上是被借用的维吾尔族文字，严格来说并不是蒙古族人原有的文字。这时候藏人出身的僧人八思巴受令创造出了一种新的文字，也就是八思巴文字。但这种文字多直角，书写起来不方便，因此使用频率并不高。即便如此，元朝还是将其作为国字，将大量的中国古典书籍翻译成了八思巴文，内容从四书五经到三国志，涵盖范围十分广泛。除此之外，官印上也绝对会使用这种文字。八思巴文虽然不适合日常使用，但却很适于印章。前几年在博多湾发现过元朝侵略日本时期的印章，上面刻着的正是八思巴文，主人则是军队将校。即使大多数的人都读不懂，元朝的公务场合也一定要使用这种文字。从这块元碑上我们仿佛还能感受到蒙古族人这种执着的民族自尊。

孔庙内最古的一块石碑立于唐开元七年（719），东庑和西庑下保存的石碑中也有可追溯到魏汉时期的，有日期记录的最古的一块是西汉五凤二年（前56）的碑。孔庙的东西两庑，也就是古代碑石博物馆，可与西安碑林比肩，将其称作日本书法家们的圣地也不为过。

孔庙中的石碑，仔细观察的话，可以看到水泥修补的痕迹，这是重新立起被砸断的石碑时留下的。20世纪60年代，一位名叫聂元梓的北大哲学系女讲师认为中国的新生需要通过“打破”来实现，因此在她的指挥下，这里的石碑被全部砸断。此人也许是元代以来出现在孔庙中的二号“有问题”的女性了。

我去文庙参观时，修复工作几乎全部完成，但还是可以见到几处躺在地面上的碎块。也有的石碑表面用黄色油漆画上了大大的圆圈，圈里是一个“留”字。似乎聂元梓们在最开始砸断石碑时也不是完全无差别对待，而是在有保留价值的碑上留下了记号以示区别的。只不过躺在地上的石碑中也不乏做了保留记号的，这大概是上层的指令没能好好传达到执行人处，又或者执行人觉得上级的方针太过心慈手软，不管不顾地自己出手了吧。

事实上即使从近代开始算起，孔子遭难也不是头一回。

辛亥革命推翻清政权后，孔子的儒学礼教被认为阻碍了中国的发展，而最先提出“批孔”的，竟然是右派人士胡适。1927年，国民政府政治会议审查通过了一份叫做“改革曲阜林案办法草案”的文件，文件里提出，国家采用共和制之后，对曲阜的保护需要采取与清朝政府不同的措施。比方说，孔氏本家世代继承的衍圣公的爵号，由于共和政府不存在爵位制度，这一称号也肯定要被剥夺。但这一动作被误解成要没收孔氏财产，导致本家孔德成写下悲壮长文，电报发给当时的教育部长蒋梦麟以及全国的孔氏亲族，当时孔德成不过8岁，所以这一举动定然是身边亲近之人阵脚大乱之中采取的措施。

现在想来，现77代孔德成出生在批孔思潮最为高涨的五四运动之年（1919），仿佛就象征着历史的风向。

孔子之城（二）

提起至圣非孔子莫属。后世王朝追封孔子时，也如“至圣先师”“至圣文宣王”那般，使用“至圣”封号。而“亚圣”（仅次于圣人）指的则是孔子的大弟子颜回，有时也用来指孟子。元文宗至顺元年（1330），孟子就被追封为亚圣公。对元朝廷来说，为了维护自己政权下的秩序，对孔孟的礼教体系表示尊重也可以理解为理所当然的举措。

中国历代皇帝的谥号中，不乏一些过于夸张令人汗颜的说法，但因为顾全到孔子的名号，没有称“至圣”的谥号。唐朝皇帝中取“大圣”的很多，比方说唐高祖谥神尧大圣光孝皇帝，太宗谥文武大圣大广孝皇帝，顺宗是至德大圣，其子宪宗叫大圣至神。每个谥号都无限逼近，但都没有超过“至圣”。就连《西游记》里神通广大的孙悟空，最终也只称齐天大圣而已。

所以说“至圣”这个称号，在中国是神圣不可轻易染指的。孔氏一族的墓地通常被叫做孔林，但大门的匾额上却书着“至圣林”三个大字，这才是此地的正式名称。之所以被称为“林”，则是因为其中墓碑丛立，仿佛树林。孔子的墓碑就立在这片碑林的中心，碑上刻着“大成至圣文宣王”的字样。

孔庙正殿名叫大成殿，“大成”二字与孔子的关系十分紧密，孔子一生的功绩中有一条叫做“集大成”，“大成殿”也因此得名。

现在的大成殿始建于北宋崇宁二年（1103），重修于明弘治十二年（1499），重建时将稍带青色的鱼籽石立为石柱，上刻龙纹。石柱直径80厘米，高达5.7米，而龙纹就游走缠绕在整根石柱上。与清朝精致的石雕风格相比，明朝的大成殿石雕略显粗犷，更能让人感受到雕刻中蕴藏的生动与活力。观察大成殿龙的样式，很明显可以感觉到明朝这个时代明显地带有元朝的风格元素。历史不断变迁，明朝反抗外族的统治，试图剔除和蒙古族相关的一切，找回宋朝余韵，但历史的潮流是难以抵抗的。蒙古族带来的不同文化，最终还是成为了新鲜血液，为这个国家注入了活力。

清代乾隆帝驾临曲阜前，官府里来人踩点，曾命人用红布遮上这个石柱。因为皇上居住的紫禁城的台阶和墙壁上虽然刻有龙纹，柱子上却没有。紫禁城的正殿太和殿的柱子不过是朱漆或金箔装饰的木柱，也并不是龙纹石柱。大成殿中的石柱居然超过皇帝住处的规格，这实在不妥，因此官员考虑到尽量不触及皇帝的视线。

不过即使皇上看到了石柱，也应当不会因此而觉得孔庙不敬，因为孔子是独具一格的。官员害怕的也许是皇帝受孔庙的蛊惑，会要求将紫禁城正殿的柱子也都改成龙纹雕刻的石柱吧。就算是清朝鼎盛的乾隆时期，这样的花费也是不小的负担。

乾隆帝将自己的女儿嫁给了孔氏本家72代嫡传的孔宪培，孔府中至今还保留着乾隆为其女建的慕恩堂。清朝是满族人建立的政权，他们始终害怕自己在汉族的浩瀚海洋中被汉族人同化，最终消失。所以清朝历代皇帝不断地向满族人发诏，要求满族子弟学满语，不要受汉族风俗影响。当时还禁止汉满两族通婚，这一禁令直到1901年才被解除。所以公主下嫁汉人是极为罕见的例子，不过由于孔宪培是孔氏嫡传，是所谓的“圣域之人”，这段姻缘才成为了可能。孔宪培并未留下子嗣，第73代由其弟孔宪增之子孔庆镕继承。

即使是未和皇室联姻之时，孔家也已经拥有了许多特权。明朝重新修葺时用的是绿瓦，因为黄色的琉璃瓦只能用在皇帝的宫殿。而到了康熙年间，很早就允许孔家使用皇家专用的黄色的琉璃瓦，并且不仅仅是允许使用那么简单。清朝时，曲阜孔庙中使用的琉璃瓦全部是专程从北京运来的，因为当时除了北京以外，没有地方制造黄瓦。

这样看来，不论是蒙古族人还是满族人，非汉族政权在孔庙和孔氏家族身上花的心血都比汉族政权要有过之而无不及。

大成殿前即为杏坛。《庄子》中曾记载，孔子曾休坐于杏坛之上，弟子读书，孔子和琴瑟而歌。而我们现在称为杏坛的，其实应当是宋代以前的大成殿遗迹。杏坛旁边就立着乾隆御笔碑，但比起御笔碑，金代党怀英篆书的“杏坛”二字更为有名。党怀英在金代文人中的地位仅次于元好问，是十分有名的书法家，犹擅篆书，和楷书名家赵沨并称“党赵”，一度风靡。乾隆帝的书法虽也不坏，但实在太多，随处可见。党怀英的字则是物以稀为贵，这里的“杏林”二字，习字之人大概是人人皆知的。右下角有“门生党怀英”的落款，左下角则写有“承安戊午五十一世孙元措立”几个字。这里写着的承安戊午年也就是公元1198年，正处在孔氏本家南北分裂的时期，南迁的南宗51世当家的名叫孔文远。

前文也提到了，《庄子》一书中曾记录孔子讲学之处叫做杏坛，但儒家书籍中并未留下类似的记载。石壇确确实实是存在的，就是用石头堆砌成壇，之后在周围种上了杏树，说起来也就是和热海有名的宫之松是一个性质。

中国人大多对杏树抱有好印象，杜牧所写的名诗《杏花村》中有一句“借问酒家何处有，牧童遥指杏花村”。而中医学界被称为“杏林”，则来源于东汉董奉的故事。董奉住在庐山，为人看病不收取费用，只是叫人种杏树，按病情轻重种一到五棵，这样不久后就种出了一片杏林。大概是因为杏仁也可作为药材入药，才让董奉有了这个想法吧。唐代诗人温宪写过一首名叫《杏花》的诗，结尾的一句为“澹然闲赏久，无以破妖娆”，这里的“妖娆”是常在古诗文中出现的美人。她是一个挎篮采桑的女子形象，具有亲和力，并不高高在上，不冷艳不妖艳，美得恰到好处，这种美感令人联想到杏花。人们常会出门赏樱赏梅，但不会特意抽空去观杏花。

今年3月末，我曾受邀去赏杏花。在神户的一座人工岛的某食品公司院内，几十余株杏树亭亭立在公司大院里，虽然已有落花，但仍是楚楚可怜，别有风情。

这样的杏树，和自古禁止女性进入的孔庙的搭配，让人感觉并不是那么相宜。反而孔子的弟子子贡亲手种下的楷树似乎更适合儒家本身的气质，我认为是最符合孔庙的树种。楷树是一种和侧柏相近的常青树，和松柏一样常被种在墓旁。因为子贡亲手植楷树的传说，楷树得别名“孔木”，只不过连导览人也不知道这段渊源。有历史渊源的楷树被杏树的风头压过，我虽曾提过杏树不太适合，但反过来想一想，正因为是严肃庄重的儒学圣地，柔美气质比较突出的杏树，说不定反有其合适之处。

说到不相宜，就不得不提一下孔府的园子。不论是孔子的园子，还是至圣的子孙的园子，总是过于粗糙俗气，没有给人以恰到好处的感觉。虽然园内既有假山还有水池，但都让人感觉半途而废，松松垮垮，没有紧凑感。据传是因为76代的孔令贻总得不到后嗣，请来风水先生看后，说是因为园子里的假山太高，所以将假山全部削矮。但就是把假山削矮，孔令贻还是迟迟无后。骑虎难下的风水先生为了避祸选择了半夜出逃。还有风水师说园子里的水池面积太大，影响风水，所以孔家又将水池填小了。孔府的园子就这样经历过各种各样的改造，但都不是出于审美目的，而只是轻信风水师三言两语的结果罢了。

没有后嗣，那么可以从关系较近的亲族处收养子。比方说立了杏林二字碑的51代孔元措无子，便收养了自己的弟弟孔元紘之孙孔湞，使其继承嫡传本家。但孔令贻却无论如何想要有自己亲生的后代，使其继承孔家。这虽说是人之常情，但借助风水就不合道理了。其祖先孔子曾这样评论过：

子不语怪力乱神。

也就是说不要过度去探求超自然的东西。孔子从不讲“怪力乱神”，孔子不言“怪”而言“常”，不言“力”而言“德”，不言“乱”而言“治”，不言“神”而言“人”，这是他一贯的原则和风格。

荻生徂徕将这里的“语”解释为给弟子们讲课。这样就可以解释为，站在讲坛上的时候，孔子便绝口不谈怪力乱神，但孔子在日常生活中也许并非如此。这样的解释也非常符合徂徕一向的风格，他认为圣人说到底也是活生生的人，本质上与常人无异。

“至圣”的称号逐渐绝对化，甚至出现了圣域的概念，也是可以称为一“怪”了。司马迁在撰写《史记》时，将并非诸侯的孔子列为世家，看上去是十分尊重儒家，但他将黄老（老庄）置于儒家之前，于是受到多方批判。明朝的李卓吾（李贽）也是由于批判孔子，被逼在狱中自杀。凡此种种，岂不是都属于孔子避而不谈的“力”？

曲阜常住人口有十万余，应当是一座充满人间烟火气的城市。然而对我这样一个游人来说，曲阜除了孔庙、孔府和孔林以外，其他毫无印象，孔子的存在感实在是太过浓厚。

旅行归来后，我不禁开始反思，为什么我未能从孔子的影响中走出来？究竟孔子自身，是否能创造出这么大的影响力？这无疑是历代王朝借用孔子的秩序以维护政权、纲常伦理、强化统治的结果。孔氏血脉绵延77代而不断，与其说是孔子遗德的作用，不如说是人为施力造成的。像金、元、清一样，侵略性越强的王朝，就越热衷于对曲阜的保护和优待，其中蕴藏的道理也是明白易懂的。

典礼

孔庙在明清时期被称为“文庙”，明代以前称为“先师庙”。查看鸦片战争时期出现的民族英雄林则徐的日记，每月初一大多会有如下标记：

黎明诣文庙行香（黎明时去文庙参拜上香）

没有这条标记的时候就表示差旅外地，条件不允许参拜。林则徐极早期的日记中也很少出现上述的记述，到了道光二十年（1840）十月后，类似的记述突然全部消失了。当年九月，林则徐被追罚鸦片战争之责，被解除了官职。这样我们就能推测出，参拜文庙并奉香应当是属于当时官员的义务。参拜时也不是只身一人，而是要率主要的手下一起前往。日记中时不时也会出现“诣文庙会同行香”的字眼，指的是一群人一起举行奉香的仪式。初期的日记中没有出现则是因为当时林则徐还未坐上高位。

文庙分布在全国各地，每月初一，当地的长官都会前往当地的文庙。而国都太学的文庙，每逢初一，祭酒官（相当于大学校长）都会设酒芹枣栗来供奉先师（孔子）牌位。而司业（大学副校长）则会在每月十五的时候参加同样的仪式。

让我们再回到林则徐的日记中，查看每月十五的标记，大抵都会留下“去武庙参拜进香”的文字。武庙供奉的是《三国志》中的关羽，所以俗称为关帝庙。但实际上每月十五林则徐也不一定就是去武庙参拜，有时也会去朝天宫、文昌宫、海神庙、天后庙或者是城隍庙祭拜。日记里还出现过“至先农坛主祭”的记录，当时民间也将朔日（初一）和望日（十五）作为祭祀礼拜之日，至于文官大臣们，则是初一一定要去文庙祭拜，十五则不一定去武庙祭拜。

道光十九年（1839），林则徐作为钦差大臣奉命奔赴广东取缔鸦片期间，无论是初一还是十五，都只去武庙、天后庙或者海神庙祭拜，从未出现过文庙祭拜的记载。林则徐这一年的日记保存完整，从一月到十二月都有留存，同年一月他在奔赴广东的途中。而鸦片战争开始后的道光二十年的日记只剩下八月十五以后的文字了。八月十五当天林则徐去了武庙，九月一日终于又去了久未拜访的文庙。到九月十五，日记中这样写道：“尚未赴行香。”

我们可推测的是，日记主人本应当去进香，但却因为别的事情没能成行。至于要去的是文庙还是武庙，就无法确定了。

林则徐前往广东时的身份是钦差大臣，并非地方长官，当时广东的最高地方长官称为两广总督，按道理应该由他来主持文庙的祭拜。林则徐可能是出于这方面的顾虑，所以只去了武庙。也有可能是林则徐预见到了将来与英国之间可能发生的冲突，比起文的孔夫子，他认为武的关二爷的庇护可能更为重要。

那么为什么到了第二年，留存下来的日记中有一则又提到了文庙祭拜呢？实际上，林则徐在这一年的正月里被任命为两广总督，而前任的两广总督邓廷桢被调任为两江总督。北京撤掉了林则徐的钦差大臣这一短期特殊任职，转而给了他一个总督的长期任职，这大概是让他安心并耐心地在广东工作吧，林则徐就这样成为了广东的地方长官。八月十四前的日记虽已散逸，但是从当年二月开始，林则徐应当是每月初一都会去文庙祭拜的。

从林则徐的日记中我们可以明白，去庙中祭拜是长官的义务。林则徐还是年轻官吏的时候，不管是初一还是十五，他都在京城中悠闲赋诗，从来没去过什么庙里。

在调查过有关林则徐的日记后，我意外地发现，他似乎还是一个信仰甚笃的佛教教徒，他留下的手写经书，书写很虔诚很认真。我虽然只看过这些抄经的照片，但也可以感受到工整字迹之后隐藏着的虔诚之情，在他留下的诗文、书翰、日记之类的东西中未曾透露出的对佛教的皈依，反而在手写经书的字里行间不经意地流露了出来。

身为佛教信徒和参拜孔子、关羽之间并没有什么矛盾之处。但若是信仰基督教，两者能否共存则有可能很成问题。日本在1639年封禁了基督教，并实行了锁国。日本封禁基督教的原因很多，而中国在大约一世纪后也事实上禁止了基督教传教士的布教活动，主要原因却是在礼仪问题方面。

天主教在日本布教时也是一样，传教士花费很大力气将在民众中有影响力的上层社会的人吸收为教徒，当时成为教徒的有大友宗麟[1]、高山右近[2]以及小西行长[3]等大名。中国，当时也就是清国，与大名位置相当的就只有高级官僚们了。

1 大友宗麟（1530—1587），日本战国时代九州的大名，是天主教大名，起初皈依禅宗，后改信天主教。

2 高山右近（1549—1615），又名高山重友，彦五郎，右近乃其自封的官位，原为高槻城主，精通茶道，是利休七哲之一，信仰天主教。

3 小西行长（1558—1600），天主教教名约翰，日本安土桃山时代后期武将，堺市豪商小西隆佐之子，通称弥九郎。

但通过林则徐的日记我们可以知道，高级官僚们是必须参拜孔子的。如果基督教将其视作偶像崇拜而加以禁止的话，就无法在中国扎根存活下去。

耶稣会在中国布教时，将中国人祭拜祖先和孔子的行为视作传统礼仪，采取了不予禁止的方针，并且认为可以省略一些对于中国人来说难以理解的基督教礼节。比方说，最成问题的是男性神职人员司祭需要和女性信徒进行身体接触的仪式。更具体地来说，就是在受洗礼和临终之时，牧师要向女性信徒的皮肤上抹油。如果将此定成非执行不可的仪式的话，那么在中国将很难招到信徒，布教将举步维艰，基督教甚至还会被视作惑乱人伦的邪宗淫教。

因此，耶稣会顾虑到中国自古以来的传统和伦理观，在布教时采取了妥协让步的方针，这让基督教传播取得了一定程度的成功。中国自唐朝时期就出现了聂斯托利派[1]，到了元代，皇族中出现颇多的基督教信徒，众所周知的是元世祖忽必烈的生母。天主教的布教是始于明代来到中国的利玛窦（1552—1610）。孟德高维诺等数名方济各会会士曾在元代到达过北京，但不过是以类似于使节的身份进行来访，虽到

1　基督教的一个派别。信奉君士坦丁堡主教聂斯托利所倡导的教义，故名。曾于唐代传入我国，称景教。

元末期开始进行了布教活动，但随着1368年元朝灭亡，布教的努力也付诸东流。从属于耶稣会的方济各·沙勿略认为，要想在日本成功传布基督教，需要先将他们所尊敬的中国人吸引为教徒，所以他一直将在中国传教作为自己的目标。1552年，他终于从广东踏上了中国的土地，但不久之后便去世了。在方济各去世的同年，利玛窦出生，后来也终于由他开始了在中国的布教活动。利玛窦主张通过传播欧洲知识来获得中国人的信任，在此基础之上再实现天主教的传播。通过这种方法，利玛窦获得的信徒诸如徐光启、李之藻等既是学者又是高官。

进入清代之后，这种倾向也持续了下去。文人原则上都是要进入仕途的，不能任官的不是科举未能及第的落魄文人，就是性情过为古怪之人。进入仕途担任要职之后，就要像林则徐日记中写的一样，必须去参拜孔子牌位。如果放弃参拜，就相当于放弃为官，在当时的中国也就相当于放弃较为优渥的生活。那么当时耶稣会允许向中国传统妥协也是理所当然的。

但当时同为天主教会的其他修道会都强烈反对耶稣会的这一做法，比如方济各会、多明我会以及奥斯定会，他们就此向罗马教皇提起了诉讼。这一行动的背后，既有对耶稣会在中国布教取得成功的妒忌，也有由于耶稣会得到的是葡萄牙的保护，而其他诸会得到的是西班牙的支持等因素的影响。耶稣会也派遣使者前往罗马说明了己方的立场，并取得了罗马教廷的许可。即便如此，其他教会还是持续不断地向罗马教廷提出反对意见。

在这样的背景之下，称为礼仪之争（Rites Controversy）的争论就爆发了。虽然实际情况和理论观点不相符合是常有之事，既然发展成为论争，毋庸置疑理论观点是占了上风。论证中处于防守地位的耶稣会，将从康熙帝处得到的一份手谕交给了罗马教廷，手谕上写着，“敬天、崇祖、祭孔这三件事是所有中国人都要完成的德义上的礼仪”。耶稣会本指望着能凭借这道谕旨在争论中扳回一城，但将属于俗世权力的皇权的发言带入宗教争论之中，这一做法反而引发了更强烈的反击。1704年，罗马教皇英诺森十二世发布敕令，禁止今后在中国布教时的一切妥协行为。为了将这条敕令传递给在华的传教士们，教皇派遣了多罗作为使节。

清廷得悉多罗的使命之后，命令葡萄牙人将其拘留在澳门。原因是多罗的任务实际上是否认了清朝皇帝的“圣谕”，所以清政府不允许他入关。皇帝的命令是全国通用且至高无上的，自然不能允许反抗，所以才采取了上面的措施。礼仪之争还在持续，耶稣会又多次向罗马教皇申诉，但无一例外都被驳回了。另一方面，康熙帝同意参加传统祭拜的传教士进行传教，其余的传教士全部驱逐出境。罗马教廷则又派出使节，要求不遵循教皇发出敕令的传教士们必须遵守敕令，但使节们当然也没能进入中国。1742年，教皇又发出了教敕，要求停止一切有关礼节之争的讨论。这道命令也就标志着礼仪之争中得到的最终结果成了定局，再不能对此进行论争，也最终导致了天主教在中国的衰落和消亡。

由于耶稣会是天主教中最大的派别，总会误以为它鼎盛不衰，但事实上，在礼仪之争发生之后，耶稣会也陷入了四面楚歌之中，并于1773年一度解散。直到40年后耶稣会又东山再起，其历史也可谓波澜起伏。

无论什么时代，实干家们想要成事，就必须不断地妥协让步、顺应潮流。用类似讲道理讲原则的方法对他们进行制止还算是比较温和的了。我觉得当时的罗马教廷以及诸教会对中国的实际情况一无所知，所谓礼仪之争，只不过是天主教内部势力斗争的一层外衣罢了。即使在当世，类似的事情也时有发生。

诗人之墓

伊拉克空军轰炸了伊朗城市设拉子，让我不由得开始担心诗人们的墓地是否遭到了破坏，因为那正好是伊朗大诗人萨迪和哈菲兹的长眠之地。但这两位都是世界闻名的诗人，墓地受损的话一定会有新闻报道吧。并且这次的空袭规模并不大，既然没有相关消息，就意味着墓地应当是安然无恙的。

1982年9月时我曾到访过设拉子。沙阿统治时代的伊朗，观光的游客随处可见，而到了霍梅尼统治时期，除了公务出差，外国游客前来这个国家的少之又少。沙阿时代各地兴建的宾馆自然入住率很低，所以我们一路上都没有预约房间，反正几乎所有宾馆都是空空荡荡的。但行车到了设拉子，当我们打算投宿在居鲁士宾馆时，却被告知住不了。这也真是被打了个措手不及，我们把事情想得过于简单了。

霍梅尼领导的伊朗革命，虽然直接导致了伊朗观光业的萧条，但也强化了宗教信仰的发展。我们到达设拉子时，正好处在麦加朝圣时期，而从伊朗出发的前往麦加参加朝圣的信徒，大多从设拉子搭乘飞机出发，设拉子其实是朝圣之路当中的一个基地。

伊斯兰教历是完全不将太阳的运行列入计算的纯太阴历，因此和公历相比，一年中的天数要少11天左右。这样每过三年就要相差一个月，所以伊斯兰教的许多庆典活动也不是每年都在同样的季节里举行，而麦加朝圣就定在左希贾月，也就是伊斯兰教历12月的7号至10号。我疏忽大意地忘记了那时正是麦加朝圣的季节。

朝圣就是绕着麦加的克尔白圣殿行走7圈，再前往参拜神圣的阿拉法特山，这两件事情是麦加朝圣最主要的组成部分。朝圣结束后就开始进入古尔邦节，这也是伊斯兰教一年之中最为盛大的节日。事实上，前一年的10月9日，我曾在中国新疆的喀什体验过这一节日。按伊斯兰教历比公历早11天、朝圣维持4天这样来算的话，第二年的麦加朝圣应当是在9月下旬左右。根据我写的记事本，我们是在9月16日到达的设拉子，正好就在朝圣开始的一周之前。

居鲁士宾馆满员，我们只好在一家名叫帕科、看上去不怎么入流的宾馆入住。这里也住满了前往朝圣的信众，我们被安排住在7楼的房间，但电梯只通到6楼，从6楼往7楼就得爬楼梯。这一层楼很明显是后来增建的部分，万一发生火灾，估计连逃生都十分困难。更何况拖家带口的信徒们，有的还自带炊具，总之令人感到万分不安。

第二天我们终于搬去了居鲁士宾馆。后来听说，实际上前一天这里也是有空房的，但由于我们没有预订所以被拒绝了。居鲁士宾馆现名霍马宾馆，古伊朗帝国阿契美尼德王朝的居鲁士大帝，在位期间远征巴比伦，最终于公元前529年在东方远征途中战死。霍梅尼体制下，将伊斯兰化以前的伊朗称为异教时代，不想宣扬这一段历史，以至于宾馆改名。但基本上大家还照旧称其为居鲁士宾馆，宾馆使用的便笺上也还是以前的名称。

阿契美尼德时代的伊朗国教为拜火教，居鲁士大帝在位时将国都定在帕萨尔加德，他的墓地也建在了这里，石砌的巨大陵墓至今还留存着。伊朗革命后，曾有人提出用炸药将这位“异教巨人”的陵墓炸毁，这些人就是宗教体制内的部分极端分子，这个提议也许是为了奉承讨好霍梅尼，但最终没能实行。

日本明治中期，有一位名叫格鲁姆的英国人（后来入了日本国籍）在神户六甲山上，先是建造了一幢别墅，后来还经营了一家高尔夫球场，山上也立了一块“开山之祖”的石碑来表彰他的功劳。“二战”时，有意见认为，“六甲山自古以来就是日本的山，怎么可能由一个英国人来开山”，这样石碑就被砸了个粉碎，这也是极端分子为了迎合体制采取的行动。现在立在六甲山上的石碑是战后重立的，并且尊重格鲁姆遗族的意愿，在重立的石碑上没有刻上开山祖师等字样。他们认为正是因为刻着开山之祖之类的字，石碑才会被砸碎。

居鲁士大帝的墓是安然无恙的，这一点我也在帕萨尔加德亲眼目睹了。只不过冠着居鲁士名字的宾馆却不得不改名。

过度的宗教热情，会对人们的现实生活产生束缚，这在伊斯兰世界反映得尤为明显。导致这一现象的原因自然有很多，但我认为，伊斯兰世界神学原则上僧俗不分的规定起了很大作用。伊斯兰教的神职人员和其他宗教中的僧侣、祭司不同，他们不过是信徒的指导者，安拉和信众之间也完全没有阶级上的差别。因此，无论是举行什么宗教仪式，一般都是推选参加者中最精通《古兰经》、最熟知伊斯兰教法的人进行主持，并不存在非神职人员不可主持的情况。

如今在伊朗，娱乐用的音乐是被明令禁止的，《古兰经》中强调的禁酒当然也被严格执行，违反者被发现后会被处以鞭刑。但霍梅尼并不是第一个这样严格实施伊斯兰教法的统治者。14世纪中叶，统治设拉子的穆巴里兹丁·穆罕默德曾下令关闭境内所有酒馆，但这一禁令在其子舒贾·沙阿即位后立即被废除了。

> 我为葡萄藤女儿写着悼词，
> 朋友们眼中都流下了血泪。
> 酒馆的大门关闭了，真主啊，别赞扬！
> 因为欺骗和伪善之门已大敞。

上文是酒馆禁令发出后，哈菲兹所撰诗文的一小部分。后来在禁令解除之时，诗人又作了好几篇诗，下面就是其中的一部分。

> 神清气爽的早晨，
> 我耳中传来不可思议之声，
> 如今已是舒贾·沙阿的时代，
> 禁酒之令也不再留存。
> 聪慧的人啊，不必再躲躲藏藏，
> 装聋作哑的日子一去不返！

我们很能感受到诗文中蕴藏的解放感。就像战争结束后，各种各样的禁令，尤其是言论的禁令被解除后所带来的欣悦之情，总是让人难以忘怀的。

穆巴里兹丁在发布禁酒令的同时也禁止了音乐演奏，在音乐禁令解除之时，哈菲兹还写下了以下的诗句。

看啊，那些跟着竖琴曲调起舞的人，

我们享受音乐甚至也曾被他们限制！

诗文中描述的场景，估计在不久的将来也会在伊朗人的面前重现。虽然还不知道这一天究竟会在什么时候到来，但我感觉两伊战争肯定是推迟了这一天的来临。和外敌进行战争时，国民们都不得不忍受生活中或多或少的限制和不自由，这在古今中外都是一样的。

设拉子城里哈菲兹墓地附近倒是出人意料的热闹。说是墓地，其实已经一半变成了公园，空间十分宽敞，人来人往。除了当时前来朝圣的人都聚集在这里以外，也由于娱乐活动实在贫乏。看到眼前的场景，我的脑海中不禁浮现出了哈菲兹为自己的墓地写的诗句。

来我长眠之所的人们啊，请听好：

这里终将会变成婆娑罗的朝拜之地！

我尝试着将“rindijahān”一词译成了婆娑罗，波斯语字典中的对应释义写作“vagabond”，意思是不为世俗规矩所困，随心所欲做自己想做之事的人。也有英国学者将其译成“libertine”，意为浪子。哈菲兹预言自己的墓将会成为这些人的朝圣地。我在哈菲兹墓旁向四周放眼望去，如今的伊朗对这些人来说是非常不适合居住的地方吧。和穆巴里兹丁时期一样，不可饮酒，没有音乐。他们是在忍气吞声、如遁世一般过日子吗？我察言观色，感觉他们似乎也只是随意来这里游览而已。中文叫做“遨游”，李白的诗中就出现过“三山动逸兴，五马同遨游”的句子。

我百无聊赖，合上报纸后，写了下面这首七言绝句。

闻伊拉克轰炸设拉子忆哈菲兹墓

酒家深锁断箜篌，
歌舞恨无蛟蜃楼。
伪善商缠门大辟，
诗人庙苑足遨游。

大意是，如今伊朗的酒馆都被勒令闭店，竖琴的旋律也无处可觅踪迹。享受歌舞就如目睹海市蜃楼一样，变得非常困难。哈菲兹说过，酒馆的门被关上之后，伪善的大门就会打开，真的是如此吗？哈菲兹曾预言自己的墓地会变成浪子们的朝圣地，现如今随心所欲前来游玩的人确实不在少数。

人造岛随想

神户的人造岛建设竣工于1981年，作为纪念，举办了盛大的博览会。博览会的爱称采取公开招募进行评选，我作为神户当地居民代表，成为该活动的审查员，博览会名称最终定为天堂港（portopia）。我也给这个名称投了赞成票，理由很简单，一是名称是港口（port）和乌托邦（utopia）两个词的结合，语源很好；二是这个词略带陌生感，可以吸引大家的眼球。还有另外一个候补名称与天堂港一直竞争到审查的最后阶段，但由于我个人对那个名字并没有多大的兴趣，所以没什么印象了。唯一有点印象的是，那个名称虽然未被使用，却已经被注册了商标。

仅仅几票之差最后确定了天堂港之后，主办方坦诚地告诉我们，如果最后当选的是另一个名称的话，大赛的主办方就必须跟审查员商量，需要向商标拥有者支付一定的费用。

而实际上，主办方举办这一大赛的目的是从购买博览会的名称制作商品的企业那里收取使用费。如果不是天堂港最后以几票之差胜出的话，结果就和原计划背道而驰了。

我认为，大概不会有人心思细密到给候补名称注册商标之后再来参赛，如果真的有，那也该表扬一下这种热心于赚钱的精神。再加上用那同一个名称报名参赛的人有好几个，蓄意为之的可能性就更小了。我倒是十分敬佩主办方将参赛的名称一个一个进行检查，看是否已经被事先注册过的精神。我将这件事情同经营公司的朋友讲了之后，对方却认为“这种做法是理所当然的，毕竟自己是想要注册这个商标的呀”。朋友反而不理解我到底在佩服什么，很吃惊我这种耍笔杆子的人社会经验太少。

由于博览会的举办不使用政府税收，所以确实要很小心费用的问题。神户市在这一点上很稳重，可以说神户不仅仅是地方自治体，甚至可以称为神户市株式会社。合格的实业家会在最开始的时候去检查商标是否已被抢注，而只能在一旁佩服的就是像我一般的虚业家。

也有部分审查员对“portpia”这个名字当选表示出为难之色，他们大多是码头的工作人员。英文“pier”是埠头、防波堤的意思，港口（port）肯定有码头（pier）啊。所以在他们看来，这个名字不仅太过平淡，甚至还有些傻里傻气的。在平时经常使用“pier”这个专业术语的人看来，这个名称确实有点奇怪。但抱有这样想法的人只是极少数，更何况这些人都是港湾的工作人员，可以说是自己人，所以最终还是将博览会的名称定为“portpia”。用英文字母表示时使用的拼写是“Portopia”，一目了然是使用了“港口”和“世外桃源”的合成词。

博览会的主题决定委员会曾根据小松左京委员的提议，想将草稿记录的主题“海上都市”改变成别的表达方式，这件事我也颇有些印象。根据科幻小说里的说法，“海上”表达的是浮在海面的意思，类似的还有浮动栈桥、浮动码头、浮桥等说法。但是人工岛港是填埋而成，绝对不会浮在海面上，所以“海上都市”这个说法并不准确。经他这么一说，人工岛港的确是在海面之下扎根，用“海上”这个词来描述确实是有些不妥的，大家都赞同更改说法，但具体改成了什么，因为是好几年之前的事情，我也记不清楚了。

说到现在，不论是“海上”问题还是“pier”问题，亦或者说是注册商标的问题，各个圈子里的不同的人都在提供自己的观点，最终使事情得到了妥善的解决，本来会议也就应当是这样的。

天堂港是神户人工岛的通称，它在行政上的正式名字叫做“港岛”。当初是平了高仓山填埋成的岛，所以已故的竹中郁曾经提出，应当将这座岛命名为“高仓岛”。让新生的海岛继承消失的山名，确实是非常有内涵的想法，但最终这个提案还是未能得到实现。未能实现的原因，一是因为造岛用的土石并非全部来自高仓山；二是因为山虽然不在了，但后建的住宅地还是要继续使用高仓的地名，容易让人混淆。

我从1970年左右开始，曾住在六甲山脚下的一个山丘上，从那里远远可望见天堂岛的景象。从填埋工程开始，我每天都会眺望将砂石沉入海底的整个过程，从表面上看不出丝毫变化，我甚至怀疑过这工程是否在顺利进行。但自从海上可以看出小岛的轮廓之后，变化就开始日新月异了。正如我现在描述的那样，我亲眼目睹了在海面上凭空耸立出来的陆地，所以才认为“海上都市”这个词是否更准确一些？

虽然说是正式文件上的命名，但“港岛” 这个名字平时并不常用。虽然和“人工港岛”（port island）比起来音节又短又好念，但似乎还是不怎么受欢迎。按照关西人的习惯，“port island”通常被略称为“po-ai”。

填海扩充陆地的工程实际上并不少见。少年时代，我曾住在神户的海岸通五丁目，房子前面就是沿海大道，大道的对面就是大海，在我初中的时候被填埋了，变成了现在称为“国产滨”的一带。那几年常常站在窗口，看着填埋工程的我，对填埋出来的土地总莫名地感到很亲切，所以我也总觉得很喜欢这座人工港岛。并且这里不是沿岸填埋，而是离开了海岸，再建了一座小岛，这很令我兴奋。再加上这座岛不仅仅是用来当作港口，而是成为人们居住的小镇，这就更令人开心了。

从一片荒原上建设出城市是常有的事。所谓按照城市建设规划而进行的城市建设，札幌就是日本的典型代表。而古代日本仿照中国都市建设出的平城京和平安京，也是在没什么基础的情况下规划形成的。虽然只是我的想象，但是当时参与这些工作的人们，应当是心潮澎湃吧。

追求创作带来的喜悦是人类的本能。在洞穴中画上动物壁画，制作陶器，人们大多是为了享受这种喜悦才做这些事情的。而建设人类的生活场所，又不同于艺术创造或者道具制作，它不囿于观赏或者使用，而是一项和生命有着同样重量的工作。

据传平城京是以唐朝的长安城作为模型的。只不过长安城是东西长、南北短（9.7千米×8.2千米）的布局，而平城京是南北比东西长（4.2千米×4.7千米）的布局。渤海国国都遗迹被发掘后的调查显示，这里几乎是长安城精确的缩小版。那么与之相比，从东西和南北的长度来看，平城京也不算忠实重现了长安城。也许是当时选择的地形使得不得不如此建设，也许是日本人的独创性使然，又或许是两方的理由兼有。但我私心推断，或许是当时建设平安京的人们，为了享受更大的创造快感才故意如此的吧。

唐朝的长安城，实际上是隋朝文帝下令建成的。但隋朝只持续了38年，而唐朝连绵了近290年，所以谁都认为是唐朝的长安。而隋朝当时建造这个都城时，命其名为“大兴”。

说起为什么称作唐朝的长安，是因为与汉高祖刘邦所建的汉的都城长安并不在同一个位置。比较起来，汉长安的位置离渭水更近一些。到了东汉，定都洛阳，长安降格成了副都，但城市自身一直到北周时代都没有衰亡。隋朝是在击败了北周后建立的王朝。

北周的皇室是宇文氏，隋文帝原来是宇文氏手下的重臣，同时也是皇室外戚。文帝篡权成功后，将北周皇族一个个赶尽杀绝，可以说是杀得非常彻底，一人不留。同时也将北周都城长安完全毁坏，几乎是想将地面上北周留下的所有痕迹全部抹杀。原来的长安城被破坏夷为平地，但这对文帝来说似乎还不够，他又将北周宫殿原址挖成了一个水池，想通过改变地形来完全封印住北周的复苏。

就这样，在北周长安（即汉朝长安）东南方向的龙首原，开始建设新都城，就是唐朝长安。在全新的土地上，开始了依照建设计划而进行的城市建设。长安城西南低，东南高，所以在西南角上建寺院，造大型的木制佛塔，东南角上有曲江池，对其进行扩张建设以保持城市建设的平衡。长安城虽说是在全新的土地上进行建设，但那里原本只是没有城市，而名为龙首原的丘陵则是存在的。对比之下，人工港岛则是在连土地都没有的地方先造土地，再开始了城市的建设。

我有时也会在港岛上的宾馆里做自己的工作，工作的闲隙，我停下笔向窗外眺望之时，竟总会不由得想起少年时期的一些场景。中突堤附近立着海港塔，我就是在那座海港塔旁边度过了自己的少年时光。眼前的那片深海被填埋时，还是少年的我曾默默感叹道，这可真了不得，可真是件大事儿。但现如今，当时无法想象的更大规模的填埋也成功了，而我就端坐在那上面建起的宾馆房间里。我现在正在写一本有关长安的书，所以不论谈到什么都不由得要联想到这座城市。隋代长安建城之时，估计所有人都会觉得这真是一件前所未有的大事，但到了今天，谁都不说这座城市曾是隋朝的都城。

38年的时间，对于一个王朝来说实在是太短。分析起来，导致隋朝迅速灭亡的原因很多，比方说强行挖掘大运河，出征高句丽，等等。但我个人认为，其中最大的原因还在于隋朝君主的心胸太过狭窄，以至于他在篡权夺位之后，无论如何都想抹去前朝留下的痕迹。而大唐都城长安，竟然是从这样一个狭隘的想法之上建设起来的，并且持续了近290年，这也不得不说是历史的讽刺了。这样看来，规模的大小和度量的大小之间似乎也没有必然的联系。

景德镇盛衰记

剑桥镇、牛津镇虽人口不足10万，但只要提及这两个地方，大家就会联想到那里颇负盛名的大学。像这样特色鲜明的中小城市，其实世界上并不多见。要在日本的城市中举个例子的话，热海应该算是一个。热海是个居民只有5万人左右的城市，却因为温泉而在日本国内人尽皆知。

要拿中国的城市举个例子的话，比方说曲阜，只要提到名字，大家都会立即想到那是孔子故里。遗憾的是，这种反应也只限于中国国内。又比方说提到敦煌，大家都会想到古籍经书，以及千佛洞中的壁画。和曲阜相比，敦煌的国际知名度要高得多。能和敦煌平起平坐，世界闻名的中国小镇还有一座，那就是景德镇。

丝绸和瓷器早已成为中国的象征，并且为世人所熟知。丝绸历史悠久，殷代的甲骨文中就已出现了“絲”字。从殷朝灭亡的时间（约前1046）推算下来，丝绸的历史至少也在3000年以上。有一种说法称，希腊语和罗马语中对应的“中国人”这个单词，词源也来自于“丝绸”，意思是“制造丝绸的人”。英语中的“silk”一词，也肯定和“丝绸”一词有着千丝万缕的联系吧。

大多数人都知道英文中的“China”一词和中国历史上的秦朝有很大关系。秦统一全国之后，王朝寿命只持续了不到20年，但实际上在其称霸之前的数百年间，国力都十分强盛。亚历山大大帝占领中亚城市索格迪亚纳的时候，正值秦惠文王当政，距秦一统天下还要再等百年，但秦国已然是战国七雄当中最强大的国家。惠文王推行合纵连横，使其余六国疲于周旋。张仪和苏秦两人是合纵连横的主要策划者，也是秦国当时的重要谋士，他们与亚历山大大帝是同时代的人。于是，丝绸就随着东方大国秦国的大名，一起传到了当时的商业城市索格迪亚纳，成为了中国的代称。

丝绸变为中国的通称之后，西方人又开始用中国的国名“China”来指代陶瓷。丝绸和陶瓷的分量，从这两个译名中就可见一斑。

在中国，丝绸并没有特定的代表性产地。四川作为丝绸产地很是出名，那里生产出的丝绸被称为“蜀锦”。四川的成都也有个“锦官城”的别名，是因为掌管丝织品的官员曾驻守在成都。但同时，以苏州、杭州等产丝地为首，有名的丝绸产地亦遍布中国各地，四川在其中并不能说是最突出的。蜀锦真正出名是在西汉以后，按公历算的话已经是公元后的事情了。在这之前，中国主要的丝绸产地集中在山东、河北、河南等北方地区，随着时间的推移，产地才慢慢向南方移动。从税收数来看，到了宋代的时候，南方的丝绸税收开始超过北方，实现了逆转。究其原因，有专家认为南方的水土更适合桑树的种植，随着原料分布的变化，丝绸的主要产地也就跟着南迁了。这样一来，我们也就很能明白为什么丝绸没有所谓的代表性产地了。

四川别名“蜀”，有人将这个字解为蚕在茧中。但这也不能代表蜀地就是丝绸的原产地。

相较丝绸而言，瓷器的具体产地比较容易确定。各个地方的陶土各有其特征，各地瓷窑的结构和使用的技术也不尽相同。能够做到驰名中外，尚需要具备大量生产的能力。

繁荣时期的景德镇曾向国外大量输出陶瓷，景德镇这个地名就渐渐和陶瓷捆绑在了一起。北宋真宗景德年间（1004—1008）设镇，景德镇这个地名就诞生了。但这只是给镇的命名，镇本身存在的历史更为久远。因为位置在昌水之南，所以也曾被称为昌南，或者陶阳，但并不出名。北宋时期最出名的是北方的磁州窑，当时的“磁器”就是指烧磁，磁州窑也就是如今的河北省磁县彰城镇的窑。当时能和磁州窑分庭抗礼的，大概只有浙江省内的越州窑。被誉为中国茶圣的陆羽曾在《茶经》（760年著）中断言，最适合用来品茶的就是越州的青瓷。《茶经》成书之时，景德镇这个地名还未诞生，但书中继越州之后，按顺序罗列了鼎州、婺州、岳州、寿州、洪州等地的瓷器，景德镇所在的饶州也未见其名。

景德镇曾出土过唐朝的瓷窑旧址，说明此地确实从事过瓷器的烧制。但并未入茶圣陆羽的法眼，可见当时此地的产品并不十分上乘。从瓷窑旧址中出土的陶片来看，有专家认为景德镇曾大力模仿过越州窑和岳州窑的产品。这模仿正是学习的过程，而学习则最终能提升能力。

越州窑遗址位于现在的浙江省绍兴市附近。唐朝灭亡，到宋朝再次建立统一的稳定政权之间有大约70年的乱世，这段分裂时期现在我们称为五代十国（907—979）。当时的浙江地区处在钱氏家族建立的吴越政权的管辖之下，越州窑处于当权者的大力庇护与扶持之下，在那个时代迎来了越州窑的黄金期。扶持的目的当然是振兴产业，因为这关系着钱氏的兴亡，可谓十分认真。越州窑从金银雕刻工艺中获得启发，创造了浮雕技术，获得了极大的成功。但在987年，随着吴越灭亡，越州窑也迅速地衰落了。

我们在这里学到的第一个教训是，被过分保护的产业，在失去了赞助人之后，就会十分迅速地衰败。

一直处在线外的乡下窑景德镇，通过坚持学习与模仿开始显现出效果。越州窑是通过在瓷器上雕刻花样而一举成名的，景德镇当然也模仿了这种技法。但陆羽称赞越州窑为天下第一的更重要的原因在于其独特的青色。越州的青釉药也很入眼，再配上陶土自带的纯粹颜色，越州窑瓷器烧窑后的色彩堪称“秘色”。日文中“秘色”一词有着专门的发音，念作“hisoku”，在平安时代是天子专用的瓷器品种，《源氏物语》中也留有和秘色相关的记述。陆羽是最早推举青色和茶汤的颜色相得益彰的，他认为茶器若是白色，就会衬得茶汤过红；若是黄色，就会衬得茶汤过紫；若是褐色，就会衬得茶汤过黑。

景德镇的陶土是白色的，虽然这是景德镇瓷器的最大优势，但白色会将茶汤颜色衬得过红。在不失去白色这种优点的情况下，能施上一层青色的，就是使用透明的青色釉。器面上雕花下陷处会留住釉药，这些部分也就显得比其他部分的青色更深一些。景德镇出产高岭土，这种白色的瓷土耐高温且可塑性极强，因此制作出的陶胎在削薄之后再雕刻就能彰显青色。这种瓷器称为“影青”，风靡一时，并且大量出口，景德镇荣登国际舞台也是在开发出影青之后。

影青的制作工艺中有削薄这一道工序，要把陶土削薄，十分费工。景德镇窑场在订单大量涌入之后，似乎有些忘乎所以，开始在削薄工艺上偷工减料。不久之后，景德镇陶瓷就失去了口碑，为新兴的龙泉窑所代替。

第二个教训，正确发挥自己的优势可以获得荣耀（景德镇瓷的优势就是白和薄），但要想守住成功，就必须维持品质。

龙泉窑兴盛于南宋，也就是12世纪以后。北宋未能抵御金的侵略，失守都城开封，于是在1127年，南宋王朝开始了它的历史，将临时首都设在了杭州。从北方逃难而来的陶工们将北方青瓷的技术方法，也就是多次施釉技术带到了南方。没落的越州窑陶工们就是为了让越州窑技术在浙江的腹地龙泉重放光彩，才做了许多的努力。

第三个教训，受到外部刺激会促人进步。景德镇受越州窑的雕花技术刺激，龙泉窑受北方的施釉法刺激。

坏了名声的景德镇再也接不到订单，与之相反，龙泉窑的生意则是一片兴隆。由于两地相隔并不很远，丢了工作的景德镇陶工们大概很大部分迁徙到了龙泉。

这时候的龙泉因为订单大量上门，差一点重蹈覆辙，踏上了景德镇偷工减料的老路。上好的釉药的调制方法十分复杂，因此制作量也有限。为了应对大量的订单，就不得不批量制作釉药。大批量制作出的釉药的缺点就在于烧出的青色没有深度。为了分散大家对瓷器颜色的注意力，龙泉窑创造了“贴花文”的工艺，这种工艺在日本被称为“浮牡丹”。陶工们做出牡丹花和叶子形状的模子，压制出大量的形状一样的花样，贴在陶胎表面。这个想法大概是从国外，特别是西亚地区的审美中得到的灵感吧。

第四个教训告诉我们，如果碰到困难，那就得想办法解决它。

南宋时景德镇停滞不前，面对龙泉窑的发展也只能望尘莫及。但在南宋灭亡、元朝建立之后，终于又得到了恢复和发展。其重振旗鼓的原因，还在它白色的陶土上。

从古时开始，人们就会使用竹篦等工具在陶器上印花，而从新石器时代开始，就出现了在陶器上雕花的工艺。但到元朝为止的很长时间内，都没有人想到直接在器皿上作画来对其进行装饰。世界性的大国元从西亚带回来氧化钴颜料，钴颜料在日本被称为吴须，在中国则被称为回青。使用这种优质的颜料，可以在白色器皿上绘出色彩斑斓的图案，便诞生出了我们现在所熟知的青花瓷。通过青色渲染白色，之后又发明了使用红色或其他颜色颜料突出白色。继青花瓷之后出现釉里红等多种瓷器种类，景德镇也因此声名大躁。

元朝疆域十分广阔，国境内各种物资的交换也就成为可能。为景德镇带来新的生机的，便是景德镇的白陶搭配这种出色的颜料。陶土的白色和颜料的青色确实配合得十分完美，因此青花瓷一经问世就受到了世人的极大追捧。不久之后回青的出现，似乎告诉我们的是“有福不用忙”这个道理。但如果真的不做任何努力，只想着机会从天而降的话，即使是将回青放在我们的眼前，估计我们也不会发现它。正是由于陶工们毫不懈怠，不断地思考如何创新，才最终促成了与回青命运般的邂逅吧，所以说不劳是无获的。

逆旅主人

中国的古诗文中以出门远行作为主题的不在少数。有的文章不会直接言及旅行，但会谈到送别，又或是谈到思念远人，又或是诗文本身是在旅行的途中执笔写作而成。大概是心潮起伏之后，创作的欲望也会在不知不觉中自然涌出。将这些林林总总都算在内的话，相关文章的数量肯定是非常之多的。

古时候的中国，人们在为即将远行的朋友送别践行时，似乎是要陪着同行一天。在旅馆住上一晚，第二天早晨才迎来真正的离别。读王维那首有名的《送元二使安西》，就可很清楚地了解以前的这种送别习惯。

渭城朝雨浥轻尘，
客舍青青柳色新。

劝君更尽一杯酒，

西出阳关无故人。

渭城，从名字也能猜出，指的是渭水边的一座城市。汉朝的长安城便坐落在渭水之滨，而唐朝时的长安城向东南方迁移了，从唐朝长安的西门出发到渭水应当有10千米左右的距离。

唐长安有三个西门，自北向南分别是开远门、金光门和延平门。但人们并不是从城门所在之处踏上旅途，而是从自己家，又或者说是从日常生活的场所出发上路。长安城东西宽9.7千米，南北长8.2千米，在当时来说规模相当宏大，仅是从家里走到城门就是一件不容易的事情。举例来说，从空海曾经接受惠果阿阇梨教诲的青龙寺出发，走到金光门的话，根据我的估算，大概要走十多千米。从行路的距离来考虑的话，第一晚停宿在渭城周围是非常合适的。既然是旅行的第一天，那么也不太着急赶路，再加上送行的人们同伴同行，自然是缓缓而行，一边互叙惜别之情一边行路。

丝绸之路上，每隔差不多30千米会设有驿站，来供商队歇脚。马和骆驼组成的商队的一日行程应该也就是30千米左右了。徒步的话，一天的脚程一般是其一半。据说春秋战国时代，军队一日行军的距离为30里，当时的一里大概是现在的400多米，30里也就是12千米左右。由于每行军30里便扎营休息，大家就称30里为一舍。成语讲“退避三舍”，也就是指后退36千米。

从长安到渭城，如果一天能到达的话，还算是比较轻松的，但这仅限于骑马。若是徒步，正好就是“一舍”的距离。因为送行的人也要住一晚，渭城的旅馆生意想必是非常兴隆。旅馆级别自然也应当是从豪华高级的到普通简陋的，各种都有。但写文章注重简洁明了的唐朝人，并没有为我们留下关于旅馆的详细记述。虽说小说中时不时地会出现旅馆的场景，不过我们还是很难从中了解到关于旅馆的具体情况。在纸张能够大量生产、印刷术普及之前，文人似乎也会同情誊抄者的辛苦，不作多余的描写。

唐朝传奇《枕中记》中诞生了有名的邯郸梦（黄粱美梦）的故事，而这个故事的舞台就在“邸舍”，应该就是旅馆之中。文中提到在邸舍之中“设榻施席”，“榻”指的是长凳，“席”指的是褥子，所以故事发生的具体场所大概也就是在店头的长凳之上。故事中，一位叫吕翁的道士坐在了这条长凳上，有一个叫卢生的年轻人恰巧路过，和道士并排坐在了凳子上，这样我们也就知道，故事并不是发生在旅馆的内部。并且卢生的角色设定是“邑中少年”（所以他也不可能是住在自己村子旅馆里的旅客），可以推测描述的是茶室的场景。

唐朝传奇《虬髯客传》，讲的是唐朝元勋李靖功成名就之前的故事。李靖带着一位面容姣好的张姓歌妓四处周游，有一日住在了山西灵石的一家旅馆里。张氏虽是女扮男装，但在就寝之前坐在床头对镜梳妆，李靖则在刷马。就在这时，一个胡须赤红的男子骑着驴出现了，他将自己的行李扔在炉子前，掏出自己的枕头，侧身躺下便开始看张氏梳头的样子，李靖看此情景，自然是恼怒异常。但张氏绾住头发，暗暗使眼色告诉李靖不可发怒。之后李靖和红须男子变得熟络，甚至同食同饮。从上文的描写，我们能够知道这间旅馆中旅客们是合住的。有炉子，既可用来做菜，又能用来取暖，李靖就是用那只炉子来炖的肉。而李靖在刷马时可以看到在床边的张氏发暗号，也就是从拴马的位置可以看到床。那么房间里自然也是能闻到马粪臭的，这样想想，这家旅店也就一点诗情画意都没有了。

客舍，邸舍，旅舍，这三个词都可以用来指代旅馆，但“逆旅”这个词在当时更为常用。“逆”即是“迎”，按字面来翻译的话“逆旅”就是迎接旅途的意思，这也就成了旅馆的意思。李白在《春夜宴桃李园序》中有这样一句：

> 夫天地者，万物之逆旅也；光阴者，百代之过客也。

这句话被芭蕉[1]引用在《奥之细道》中，也为日本的读书人所熟知。李白还曾留下以下的诗句：

> 天地一逆旅，同悲万古尘。

李白深知，不论是多么豪华的旅舍，说到底也不过是临时的住处。宋朝的苏轼也曾写道：

> 逆旅浮云自不知。

浮云不会永远停留在一处，而逆旅也是一样的漂泊无定，所以作者将这两个意象罗列在了一起。旅人自然是心情萧索又无所寄托，而诗兴常常是在那样的状态中才酝酿出来的。反过来说，如果心情完全处在平静的状态，未受到任何刺激的话，也很难得到创造诗歌的灵感。

任何人都想逃离不稳定的旅行，回到自己生活的温暖而又熟悉的家中。古人在送别旅人之时，会将柳枝结成环相

1　即松尾芭蕉（1644—1694），江户时代前期的一位俳谐诗人，公认的功绩是把俳句形式推向顶峰。

赠。“环”与“还”同音，也是表达盼旅人早日还乡的心愿，但却不知道这个风俗究竟是什么时候开始的。王维诗中的“客舍青青柳色新”一句，则是通过对柳枝鲜艳翠绿的描写，越发衬托出离别时的悲伤与不舍。

旅馆在我们有关旅行的回忆中占有相当重要的地位。有的时候，即使我们逐渐忘记了旅行目的地的风土人情，对旅馆的记忆也还会清清楚楚地留在脑海之中。当然，如今虽然越来越重视它的实用功能，我们还是会因旅馆的服务，或倍感温情，或感受冷落。人在旅途，神经也会变得格外敏感，与其说我们是住在旅馆里，不如说我们是依赖了旅馆主人的情谊。在表达寄宿于某处时，明明只要说“宿逆旅”就足够了，但在唐代诗文中却常常出现“宿逆旅主人”的说法，有时甚至连主人的姓名都记录得清清楚楚，出现诸如“宿某地逆旅某氏家”的标题。李白有一首诗，题名“宿清溪主人”，开头一句写道“夜到清溪宿”，下句紧接着的是“主人碧岩里”。诗人能晚至却顺利入住，也完全靠的是旅馆主人的热情。

不住旅馆，也可以住在寺院里，稍有些规模的寺院，都会为信徒提供寺内的住宿。唐代诗人钱起曾写过一首诗，诗名为《宿远上人兰若》。兰若是梵文中“Aranya”一词的音译，指的就是佛寺，寺院住持名叫远上人。庙本身自然是有名有姓的，但对于钱起来说，他感觉并不是去庙里投宿，而是投奔远上人去的。

《唐诗选》中曾收录了张谓的一首七言绝句，诗名为《题长安主人壁》。题目中的长安主人，指的自然是长安某个旅店的老板，而不是长安城的主人。张谓是河南人，为了参加科举考试曾在长安城内长期驻留。因此这里的逆旅，指的应当是出租屋一类的地方。迄今为止的注释，大家基本上都是按字面来解释这首诗的题目，认为诗人将这首诗题写在了房子主人的墙壁上。但如果李白的《宿清溪主人》与《宿清溪逆旅》是一样意思的话，“主人”和“逆旅”实际上是同义的。所以，张谓的这首诗也不一定就是写在了主人的房间里，反而很有可能是写在了自己租住的房间的墙上。

世人结交须黄金，
黄金不多交不深。
纵令然诺暂相许，
终是悠悠行路心。

诗的意思是，与世人结交，黄金是必不可少的。如果黄金不够多，也就很难深入交往。纵使暂时成为了好友，最终也还是会沦为路人，互不关心。最后一句中的“悠悠”就是用来形容不感兴趣的态度。这是一首非常浅显易懂的诗，告诉我们不管是张谓生活的8世纪中叶，还是那之后1200年的现代，人和人之间交往的状况几乎是一模一样的。如果张谓是因为不能按时缴纳房租，受到房东冷遇，心生愤慨，才在墙壁上题诗的话，写在房东的墙壁上才更有魄力吧。但若真是这样，张谓估计也早被房东赶出家门了。所谓主人，是相对客人来说的称呼，客人就是旅客，起码在当地是漂泊无根的人，而主人，则是扎根于那个地方，来招待客人的。但同时，旅店的主人也是经营者，面对不付寄宿费的客人，是不可能一直笑脸相迎的。开始的时候奉上笑脸，不过是因为旅店也是一种营生，给人留有好感是非常重要的。何况考生们将来还有可能平步青云，当上大官儿。张谓则是因为未能及第，才受老板冷落了吧？

第宅非吾庐，
逆旅暂留止。

这是白居易留下的诗句。人生如旅，安定的家庭与自己无缘，诗人总是在路上奔波，辗转于旅馆之间。邯郸一梦的故事中登场的吕翁，在店头设榻休息时“铺了褥子”。从这个描写中我们可以了解当时的旅行者们都是自己背着被褥出门，看到可以休息的长凳子，就取出准备好的被褥休息一会儿。有了这些准备的话，露宿也更好捱一些。人生的旅途也是一样，万万不能空着手上路。

普陀山记

《华严经》中记载过善财童子去南方净土的一座补怛洛迦山，在山中面见观自在菩萨的故事。在玄奘的《大唐西域记》中，山名变为了布呾落迦，但不管怎样，这两个名字都来自梵文“Potalaka”的音译。或许“Potalaka”只是个传说中的地名，但根据玄奘的记载，7世纪的印度人认为其指的是南印度的马拉巴尔海岸附近。

各地的观音道场都开始自诩是“Potalaka”。中国最大的观音道场在浙江省舟山列岛的普陀山，在中国常常用“山”来指代“岛”。普陀山是一座面积只有12平方千米的小岛，旁边还有更小的岛就像它的附属品，叫做洛迦山。这两座岛其实也就是将“Potalaka”一分为二取的名字。

从上海坐8小时晚班列车到达宁波，再从宁波港乘船5个小时才能到达普陀山，一路上可以说是相当的辛苦。但我本身对观音道场一直都很感兴趣，舟山又是鸦片战争的战场以及遣唐使离开中国的地方，再加上倭寇也曾在这里盘踞，所以无论如何我都想亲眼看一看。

提到“普陀落”，我们最先想到的是“普陀落渡海”这种让人很难理解的信仰。信徒们从熊野出发渡海，坚信自己坐着船能够前往菩萨所在的南方普陀落净土。在日本，那智山被视作观音道场。《吾妻镜》中记载，天福元年（1233），下河边六郎行秀法师从那智滨出发，渡海前往南海普陀落山。书中还提到，法师出航时，在船内囤了30天的口粮，并且请人将船从外部钉死。在我们看来，这种做法无异于自杀行为，但法师本人却是希望通过渡海来到达极乐世界。那智滨之宫中有一座普陀落寺，江户时代，普陀落寺的住持到临终之际，都会被载上船流放入海，换句话说，当时普陀落寺的住持们都是“普陀落渡海”的志愿者。说起那智滨，实际上，《平家物语》中，在坛浦之战中吃了败仗的平维盛，相信自己能得到阿弥陀如来的救赎，诵经投水而亡。“普陀落渡海”实际上也可以看成是投水行为的一种。

柳田国男[1]认为，在佛教传入之前，日本人就已经相信世界上存在不老不死的国度，在那里可以和故去之人见上面，入口就在伊势和熊野。

他在《海上之路》中这样写道：

> 我想，这里是否是普陀落渡海的新的佛教信仰由此成长而来的渊源呢？

玄奘并没有实际到达过南印度的马拉巴尔海岸，所以他对于“Potalaka”的描述不过是根据传闻，他写道：

> 其有愿见菩萨者，不顾身命，厉水登山，忘其艰险，能达之者，盖亦寡矣。

前往“Potalaka”被描写成了几乎不可能成功的冒险，而普陀落渡海肯定是更加危险。大概南方观音净土，不是那么简单就能涉足的。日本有名的33处观音道场巡礼，一开始是僧人的一种修行，克服途中的重重困难是巡礼的主要目的，之后却渐渐变化成了普通百姓的娱乐活动。在中国，从绍

1　柳田国男(1875—1962)，日本民俗学创立者，东京大学政治专业毕业，1932年后专攻民俗学，创立民间传说会和民俗学研究所，著有《后狩词记》《远野物语》《桃太郎的诞生》等诸多民俗学著作，后刊有全集36卷。

兴出发，途经宁波，再从海路去普陀山的旅途也变成了善男信女们的享受。一路上的风景也被画成平面图，代替旅行指南，销路很好。

直到13世纪，普陀山才作为观音道场而为世间所熟知。但普陀山开山却是在9世纪，开山的是一位日本僧人，名为慧萼。

鉴真、空海、最澄、圆仁、道原、荣西，这些大家熟知的僧人，都是因为佛教而结缘中日两国。不过，慧萼却几乎无人知晓。在五台山被暗杀了的灵仙，战前也不太为人所知。灵仙的出生地日本米原町，最近也开始了关于他的宣传活动。但还好歹知道灵仙是何处生人，慧萼则不知是何年何处生，甚至俗姓都没有遗留下来。

慧萼与圆仁几乎是同时期的人，他曾前后四次渡唐。仁明天皇承和十四年（847），圆仁回到日本，同一年慧萼乘另一艘船回国。之后，慧萼再次远渡唐朝，并在唐大中十二年（858）打算回到日本，但未能遂愿，圆寂于唐土。

慧萼在五台山得到了一尊观音菩萨像，想要将其带回日本，便从四明（今宁波）上船启航。船行至普陀山（当时被称为梅岭，传说前汉仙人梅福曾在此处炼仙丹）时，触礁不前，大家立即卸下行李减重，但船还是浮不起来。这时候，慧萼取出了观音像，船便浮了起来。慧萼察觉到观音是想留在此地，便放弃了回国的想法，和观音像一起留了下来。这则小故事曾记载在《元亨释书》中。

也因为这个故事，大家称这尊观音为“不肯去观音”。观音上岸的潮音洞附近建了一座不肯去观音院，匾额为康有为所书。指示牌上介绍道，慧萼的船不是由于触礁而搁浅，而是被海上出现的数百朵“铁莲花”拦住了去路。导游解释道，这些铁莲花有可能是大群的海豚，海豚颜色像铁，且感到危险的时候有结群游泳的习性。浪漫的传说故事被那样科学地解说一番，不由得让人略感扫兴。

不肯去观音院所在的地方据传是观音像和慧萼上岸的地方。最开始时观音院的规模并不大，只是普通的小草庵，后来在当地的一位张姓之人的援助下，数年后建成了“紫竹林禅院”。正如所取的名字一样，观音院周围原本有大片的紫竹林，进入新世纪之后，紫竹纷纷枯萎死亡，几乎快要绝迹。但最近似乎又有再植紫竹林，重振其名的计划。

观音像与慧萼一起上岸的附近，有一处称为“观音跳”的景观。相关的传说也是各种各样，有人说这是观音从洛迦岛跳到普陀岛上留下的脚印。也有人认为“跳”是“眺”的误记，因为观音从这里眺望远方才得了名。我认为，后一种说法更有说服力。

普济寺是普陀山内最大的寺院，位置就在仙人跳的北边。寺庙最初敕建于北宋元丰三年（1080），并被赐名“宝陀观音寺”，现在总体面积达到1.14平方千米，占全岛面积的近十分之一。当然，普陀山中除了普济寺外，还有大大小小许多其他的寺院。但实际上，到南宋的嘉定七年（1214），岛上所有的寺院才都将观音作为自己的主佛，当时的皇帝宁宗给普济寺赐了“元通宝殿”的匾额，普陀山也自那时开始被公认为是观音道场。

我们并不知道慧萼佛事的观音像最后下落如何。明初洪武十九年（1386）颁布了禁海令，除朝贡船以外，私人的贸易船被禁止入海，规定“寸板不许下海”。

禁令极其严厉。当政者认为，如果沿海地区没有住民居住，那么就能完全抑制住走私行为。因此沿岸的建筑物被强制破坏，居民被迫迁移到内地。而寺院也是建筑物，所以当时的宝陀观音寺也被放火烧毁了。观音像则被转移到郡东栖心寺，也就是宁波的七塔寺之中。

不久海禁解除，普陀岛作为观音道场又恢复了活力。但荷兰人在清朝初期的1665年占据了普陀岛，岛上的寺院又被烧毁。1689年，荷兰人被驱逐后，康熙帝来到杭州，捐了千两白银资助寺庙重建。南京明故宫后得到的材料都用在了寺庙的重建上。明朝在永乐帝时迁都前往北京，但洪武帝建造的宫殿仍然留在南京。皇帝宫殿使用的自然是最高级的材料，而这些材料都用来建造了普陀山的佛寺。颇让人感慨的是，也正是洪武帝发布了海禁令，并下令烧毁了普陀山的寺庙。洪武帝的宫殿最终被用来重建寺庙，不禁让人想到因果报应的说法。

康熙三十八年（1699）时，康熙再次巡幸杭州，捐资重修普陀山，并且赐宝陀观音寺“普济群灵”之匾，宝陀观音寺也由此改名普济寺。

康熙还给当时的海潮寺赐了“天花法雨”的匾额，海潮寺也就改名变成了法雨寺。

普济寺为前寺，法雨寺为后寺，这两座寺庙被认为是普陀山的双璧。清朝中期，岛上的法顶山（也被称为菩萨顶）上也建成了一座大型寺庙，称为慧济寺。如今这三座迦蓝被合称为三大禅林。

鸦片战争时期，英军占领过定海县的舟山岛。舟山岛就在普陀山对面，渡船来往只要10至15分钟，但历史上似乎没有留下普陀山受到英军破坏的记录。

观音过此不肯去，

海上神山涌普陀。
楼间高低二百寺，
鱼龙轰卷万千波。
云和岛屿青未了，
梵杂风潮音更多。
第一人间清净土，
欲寻真歇竟如何？

这首诗名为 “不肯去观音院”， 作者是康有为。诗中出现的真歇是南宋名僧，曾经居住在普陀山。南宋的真歇，元代的孚中，清代的潮音，以至于民国的了余，这些名僧都继承了慧萼的遗志。而同时这里也留下了洪武帝、荷兰殖民者的痕迹，不知为何，正因为他们的癫狂行迹，更加深化了普陀山真的是“第一人间清净土”的感觉。

从梅福到慧萼

作为观音道场的普陀山是中国的四大名山之一，另外三座名山分别为文殊菩萨道场的五台山（位于山西省）、普贤菩萨道场的峨眉山（位于四川省）、地藏菩萨道场的九华山（位于安徽省）。

九华山的南边就是黄山，所以九华虽然是地藏菩萨的道场，也被黄山的赫赫声名压制得没有什么存在感。五台山、峨眉山和普陀山，在成为佛教道场之前，都曾经是神仙道的修行之所。正如人字旁加山写成“仙”字，道士们大多选在山中修行。不管是神仙道的道士还是佛教的僧侣，大家似乎对灵气的感触都是一样的。在峨眉山听到的说法是，峨眉山中的道观，很多直接改造成了佛教寺院。

普陀山也是一样，在日木僧人慧萼奉观音像上岸之前，神仙道的道士们肯定在此地活动过。岛原名梅岭，据说是因为有一位名叫梅福的仙人曾经在这里居住过。《汉书》中也为梅福立了传：

> 梅福，字子真，九江寿春人也。少学长安，明《尚书》《穀梁春秋》，为郡文学，补南昌尉。后去官归寿春，数因县道上言变事，求假轺传，诣行在所条对急政，辄报罢……

《汉书》中对梅福作了长篇幅的介绍，他曾居南昌县尉（县的副知事）这个并不算高的职位，辞官回乡之后，通过县道级别的行政机关，上书朝廷来报告非常之事，还会自己借马车前往皇帝行在之处，针对最近的政务，一条一条进言献策。但梅福并没有政治野心，每次提过意见后就立刻离去。

梅福虽没有野心，但对国家政治却十分关注，他的传记中很大一部分都是引用他上奏皇帝的奏折内容。但梅福的进言未显成效，不久后王莽建立新政，掌握了政治实权。当时正值元始年间，也就是1世纪初期的时候。此后梅福便抛妻弃子，得道成仙去了。所以梅福并不是生来就是超然之人，与之相反，最开始的时候他比谁都更加关心政治。也正因如此，王莽的出现才会让他深受挫折，以至于让他想要遁世吧。《汉书》中还提及了有人在浙江会稽见到过他，他改名换姓成了吴市门卒。都是一些没有确实根据的传言，传言中并没有提到他去了舟山列岛的事情。

仙人是自由自在，可以在任何地方显现身形。不用说舟山列岛本就在会稽郡的管辖之下，恐怕江南各地肯定也都流传着梅福的传说吧。

从梅福所在的东汉末年，到慧萼的中唐时期，800年的岁月流逝而过。这800年间，几乎找不到任何关于这个岛的记录。传说梅福炼成了长生不老的仙丹，估计大家认为他曾经一直活在岛上的某个角落里，直到观音的到来。

据传，从5世纪的北魏时期开始，五台山开始了由道教向佛教的转换。普陀山则是在四百年之后，也踏入了与五台山一样的模式。从神仙变成了观音菩萨，代表人物则是从梅福变成了慧萼。

在中国成为寺院开山祖师的日本僧人，除了慧萼之外估计找不到第二个人了。并且，普陀山不仅是一座寺院，全岛所有的寺院都变成了观音道场，而慧萼则是这一切的起点。从这一点看来，慧萼的成就可以说是破天荒的，遗憾的是他在日本的知名度却很低。正如上一章中提到的，他的生卒年、家乡、俗姓都还是一片谜团。慧萼先后四次渡唐，对唐朝的情况十分熟悉，因此当时的日本朝廷也曾对他委以重任。

在仁明天皇承和五年（838），日本时隔30余年派出了以藤原常嗣为大使的遣唐使团。藤原回国时，唐朝还安排了使节将他一直送回至日本，因此，日本的朝廷也必须安排唐朝使节的送还事宜，于是将这个任务委托给了新罗船队。当时日本是仁明天皇当政，天皇的父亲嵯峨上皇，想要趁这个机会为五台山捐资布施，便将这个任务交给了慧萼。藤原常嗣回到了日本，但与其同行的圆仁等人还留在唐朝修习佛法，慧萼便在这个时候踏上了唐朝的土地，时值承和六年（839）。

留在唐朝的圆仁（后被称为慈觉大师），对于慧萼第二年来唐之事是知情的。虽然两人并未在唐朝相见，但在《入唐求法巡礼记》中，圆仁时常提到有关慧萼的消息。譬如，唐会昌元年（841）九月七日的记录中写道：

> 闻日本僧慧萼、弟子三人到五台山，其师主为发愿求供十方僧归却本国，留弟子僧二人住五台山。

除此之外，会昌二年（842）四月二十五日的记录中，引用了楚州的新罗语翻译刘慎言的来信内容：

> 送朝贡使，梢工、水手前年秋自彼国回。附玄阿闍梨书状并砂金廿四小两见在弊所。慧萼和尚附船到楚州。已巡五台山，拟今春返故乡。慎言已终人船排比。其萼和尚去秋暂往天台。冬中得书，云拟取明州赴李邻德四郎船，拟返国。萼和尚之钱物、衣服并弟子悉在楚州，又人船已备，奉遂免发于此……

根据书信的内容，慧萼在会昌元年九月前，将两名弟子留在五台山，孤身短暂归国，但马上又回到了唐朝，会昌二年的春天又回到了日本。那时，慧萼将钱物、衣服和弟子都留在了唐朝，所以是计划立刻再返回唐朝的。

圆仁日记中的其他部分中也出现过李邻德这个名字，此人大概是个新罗船主，名字后面还跟了一个四郎，所以我们认为李邻德这个名字是兼顾了船的商号在使用，李邻德的几个儿子都是船长，慧萼坐的肯定是第四个儿子的船。“取明州”则是指船要途经明州，也就是现在的宁波。阿倍仲麻吕和最澄也都是从明州上岸进入唐朝的。空海当初也是想取道明州上岸，但船却漂流到了福建。与橘逸势一起回国时，空海则是从明州上的船。唐朝的鉴真和尚前往日本时，也途经明州。

慧萼乘李邻德四郎的船回国后，没过多久就又远渡唐朝。会昌五年（845）七月五日的圆仁日记里，记录了慧萼在唐朝的有关消息。

也正是在会昌五年，唐武宗被道士赵归真诓骗，弹压了道教以外的全部宗教。究其原因，则是因为道士制作仙丹，迎合了武宗想要长生不老的愿望。对于佛教来说，这是空前的“法难”，在住的外国僧人也都被迫还俗或被流放。圆仁等人则在当年五月离开了长安，沿路他们不得不目睹一座座寺院被破坏摧毁。六月末到扬州，七月初到达楚州。圆仁在七月五日的手记中写道：

> 日本国慧萼闍梨与弟子于会昌二年礼五台山，为求五台之供，就李邻德之船归却本国，年年将供料到来。今遇国难还俗，现在楚州。

如果知道同胞慧萼也在楚州的话，圆仁肯定会去相见，因此有人认为，这里是将苏州误记为了楚州。但当时是逃难路上，楚州也是很大的一片范围，即使知道对方离自己很近，也可能并不能去相见。前文中引用的是圆仁在楚州时从翻译刘慎言处听到的消息。按照上文的说法，慧萼每年都带供料到五台山来。而这里提到的“国难”，不用说，指的就是会昌年间的“法难”。

其实圆仁所在的藤原常嗣遣唐使团，是日本朝廷派出的最后的遣唐使。宇多天皇宽平六年（894），菅原道真被任命为遣唐使，但朝廷听从他的意见废止了遣唐使船。废止的理由当然有很多，由于搭乘新罗的船只可以十分方便地穿行于中日之间，也就没有必要花大量的财力专门养着遣唐使船了。慧萼频繁地来往于中日之间，搭乘的也都不是遣唐使船。

按《元亨释书》中的说法，慧萼是在橘大后的诏令下前往唐朝的。橘大后是嵯峨天皇的皇后，仁明天皇的生母。慧萼登五台山，又至杭州盐官县灵池寺谒见齐安禅师，最终以橘大后的名义聘得义空长老一起返回日本。也就是说，橘大后不仅命令慧萼去五台山进香火钱，还命令他寻找唐朝的名僧带回日本。

长生不老的仙丹在武宗身上没有发挥丝毫效果，反而极可能是由于服用这成分不明的药，武宗在翌年三月驾崩了。圆仁当时还因僧人还俗的敕令，被禁足在登州赤山院庄，听到皇帝驾崩的消息后，他写道：

> 身体烂坏而崩。

仿佛在说武宗活该受这天罚。

宣宗即位后，立刻解除了对佛教的禁令，并处刑了道士赵归。

剃头披缁衣。

圆仁意气扬扬地写下了这一句话。当时也在唐朝的慧萼，心中肯定也是一样高兴的。之后圆仁归国，但慧萼却不知所踪。慧萼的行踪再次出现时，已经到了唐大中十二年（858），距圆仁归国已过去了12年。慧萼在五台山得了观音像，打算带回日本供奉。但最终由于佛缘，僧佛一起留在了普陀。

据新华社报道，1981年4月28日的下午，海面上出现了五色祥云，其中还浮现出了大伽蓝的幻影，也就是所谓的海市蜃楼现象。实际上，1916年8月，孙文乘“建康号”军舰视察舟山列岛，登陆普陀山时，也看到了海市蜃楼。这样说来，1300年前，慧萼决定与观音一起留在此地，是否同样因为看到了海市蜃楼呢？

发丘中郎将

我的家在属于六甲山系的伯父野山和伯母野山的边界线上，房子面积只有一百多坪，三分之二属于伯母野山，剩余的三分之一属于伯父野山。当时这附近尚被规划为“字”[1]，所以地址既可以标伯父野山也可以标伯母野山。我家并排的屋子也是同样，处在跨在两座山之间的状况，但北临的房子的地址标明自己属于伯母野山，南临的标明自己属于伯父野山。打算在那里建房子之前，我在城里巧遇了诗人竹中郁[2]，喝茶闲聊的间隙，关于新家的住址到底应该选哪座山，我也征求了他的意见。

---

1 日本的城市内，区以下的地域区分单位，基本上相当于中国的街道，现在已经很少使用。

2 竹中郁（1904—1982），日本诗人，本名育三郎，兵库县神户市兵库区出身。

我觉得从听觉上来讲，B听起来比J顺耳，但又感觉伯母要比伯父好一些，伯母是女性，听起来也会多一份女性的柔美。嗯，其实两个名字都挺好。

这个是竹中的意见。虽然说二者皆可，但我还是从话语中嗅出竹中似乎比较倾向于伯母野山。也考虑到房子在伯母野山的占地面积更大，我最后选择了伯母野山。

数年后，这个地域的规划从“字”变为了“町”，也终于可以享受一些“町”里人才能享受的服务。比方说，行政规划是“字”时，国营铁路运送的货物是不会配送到各家各户的，必须自己到六甲道站去签收，而变成“町”后就能直接在家收国铁配送的货物了。是否就是因为存在这样的差别对待，大家才都不想用他家的快递，国铁的生意才越来越萧条吧。宅急便则是从很早之前就开始送货上门了。在东京的二手书店买二手书时，我也会再三叮嘱店家：

——请不要发铁道快递。

倒不是因为我有多讨厌国营铁路，而是因为，即使发件人再三要求送货上门，到头来还是要自己跑到车站去取货。

大家翘首以待“升格”为“町”，神户市也非常简单果断地将这附近一带命名为“伯母野山町”，没有人提出不满。当然，论知名度的话，本身伯母野山要更为世人熟知一些。

——啊，原来还有一座伯父野山呀。

即使有人知道伯母野山，这些人中的大多数也不知道伯父野山。这样说是因为，伯母野山中发现了绳文末期的人类居住的痕迹，相关消息也经常见诸报端。昭和三十年代盛行开发至上主义，伯母野山遗迹被破坏，变成了学校的操场和公司的宿舍楼。但好在出土文物被保存了下来，还留下了考古报告，算是比较令人宽慰的。大多数情况下，即使施工现场挖出了类似文物的东西，施工方也会隐瞒事实，继续施工。或者认为，这都已经是过去式了，根本没有必要提及。开发至上主义时期我们究竟失去了多少东西，现在已经很难计算出来了。我们急切地探索的，想要得到的答案，很有可能就藏在这些来自地下的文物之中，但人类欲望却毫不留情地将它们踏个粉碎。

古人的生活痕迹，可以成为今人的参考。就好像我们不停地参考医生的临床病例、律师和法官判例一样，人类只能以历史为借鉴。从绳文、弥生时代的人类遗址中，我们应该能学到很多东西。

我对巨大古坟有一种生理上的排斥。那种巨大的权力到底是如何产生的，可以成为一个研究的主题。巨大古坟是膨胀的欲望的具象呈现，因为相信死后存在另一个世界，人就会想要把现世拥有的东西全部带去那个世界。在这种欲望的驱使下，他们就拼命地将各种各样的东西放入自己的坟墓中，坟墓也就成了一个巨型的财宝收藏库。

如果知道某处有宝藏，就又会滋生出新的欲望，想要将那些财富挖出来据为己有，这也是人之常情。坟墓的主人对于这一点再明白不过，所以建造陵墓时最大的着眼点，就是如何下功夫防止盗墓。

秦始皇动员70多万囚徒建造了皇陵，《史记》中曾记载道：

> 令匠作机弩矢，有所穿近者辄射之。

正如这句话所说，陵墓中设置了机关，有人接近的话，弓弩就会自动发射。秦始皇还将制作机关或者知道藏宝处秘密的工匠，全都关在了墓道中，将他们活活饿死。

> 已藏，闭中羡，下外羡门，尽闭工匠藏，无复出者。

《史记》平淡地叙述着工匠们悲惨的命运，工匠们被关在墓道中，没有一个人活着走出来。这样秦始皇大概就觉得万事俱备，不用担心了。不过，只要是人做出来的机关，就必定会被人破解，即使能自动发射弓弩，用人海战术就能解决。因为无论怎样的连发式装置，弓箭的数量也不是无穷尽的。始皇帝死后3年秦就灭亡，骊山陵也很快被挖了个底朝天。《水经注》中写道：

> 项羽入关发之，以三十万人，三十日运物不能穷。关东盗贼销椁取铜，牧羊人寻羊烧之，火延九十日不灭。

项羽动员30万军众，花费30天往外运输墓内的宝藏，还是没有搬完。关东来的盗贼把棺椁熔化，取走了铜。牧羊人为了找羊时进入墓穴，一把火烧了陵墓中剩下的东西，火连烧90天不熄。这些皇陵中剩下的，大概都是不能轻易搬走的东西吧。传说陵墓中有用水银制作出的百川、江河、大海，还有用人鱼油点的长明灯，诸如此类的东西，怕是还留在了坟墓中。

——财宝长眠于地下。

大家都理所当然地这样想，所以盗墓也就难绝其踪。皇帝从生前就开始建造陵墓，这种陵墓被称为“寿陵”，同样，活着的时候就做成的棺材被称为“寿器”。据说皇帝一开始制作寿陵，盗墓者就会在离得很远的地方建好自己的住所，然后研究从哪里挖盗墓用的坑道。皇陵还未完成，就已经被盗墓贼盯上了。盗墓也是经历父子两代，将地下的财宝据为己有。家里虽然现在一贫如洗，但到了下一代肯定就是大富豪了，他们在挖地道的时候估计会这样想吧。

三国乱世之中，也有人为了筹措军费去做盗墓的勾当，此人就是为大家所熟知的曹操。他也和项羽一样，使用军众大规模地进行盗墓。或者说，不能将他们的行为称为“盗”墓，所谓“盗”，总是带着偷偷摸摸的意思，但曹操却是堂堂正正地进行，并且还设置了诸如“发丘中郎将”和“摸金校尉”的官职。“丘”指的是坟丘，也就是墓，“中郎将”是俸禄二千石的部长级官职，这个职位其实也就是“挖坟大臣”的意思，“摸金”就是寻找黄金的意思，校尉也是俸禄二千石的军队官职。在黄巾之乱中曹操立功，由此晋升为了校尉。除此之外还有“寻宝将军”，这指的是负责寻找地下宝藏的官职。

《文选》中收录了陈琳所写的弹劾曹操的《为袁绍檄豫州文》，檄文中写道：

> 而操帅将吏士，亲临发掘，破棺裸尸，掠取金宝。至令圣朝流涕，士民伤怀！操又特置发丘中郎将、摸金校尉，所过隳突，无骸不露。

文中说，没有不暴露在外的尸体，由此可见各处古墓都被挖掘得很彻底。曹操自然也是深知此道理（正因为宝藏被埋藏，才会被挖掘）。所以，他临终之时，以“天下尚未安定，未得尊古也”的理由，留下了“敛以时服，无藏金玉珠宝”的遗言。敛是指将尸体装进棺材里，这句话的意思是，埋葬时只给我着便服，不得陪葬金玉珍宝。

曹操的儿子曹丕（魏文帝）在建造寿陵时，也要求不要种树，不要建寝殿，并且陪葬品不用金银铜铁，只用陶器。其诏书中这样写道：

> 霸陵之完，功在释之；原陵之掘，罪在明帝。

霸陵是西汉文帝的皇陵。文帝巡视寿陵时说：“啊，假如以北山石为椁，斩断纻絮上好漆，再塞住缝隙，这样谁也动摇不了它。”近旁的人都频频点头称是。只有张释之走上前去，说道：“如果陵墓里面装有人人想要得到的宝藏，即使用铁来铸造加固南山，盗墓贼仍能找到缝隙；如果里面没有人想要的东西，即使没有石椁，又有什么可担忧的呢？”文帝认同了张释之的发言，没有陪葬任何贵重的物品。也正因如此，霸陵才没遭遇盗墓，曹丕认为这是张释之的功劳。

明帝太过爱戴自己的父亲，在原陵中陪葬了太多财宝，所以东汉光武帝的原陵被盗挖了。曹丕曾这样断言过：

明帝孝以爱害亲也。

汉代时皇帝和皇族下葬都要穿金缕玉衣，但在三国乱世时，这些坟墓几乎都被挖开了，里面的陪藏品自然也不复存在。曹操是任命了发丘中郎将，大张旗鼓地挖坟，但背地里偷偷摸摸地挖的人肯定也不在少数。曹丕也肯定目睹过那些挖坟的场景，所以才再三下达有关自己下葬仪式的命令，甚至将那份诏书保存在宗庙之后，又将三份副本分别在尚书、秘书、三府保管。正是由于亲眼见证过那些悲惨的尸体残骸，才不想让自己也被曝尸于青天白日之下吧。

昆曲

提起中国传统戏剧，任何人都会联想到京剧吧？但京剧的历史实际上并不是很长。京剧也不是突然凭空出现的，而是在吸收了以往戏剧内容的基础之上慢慢形成的。没有史料能确切证明京剧具体“诞生”在什么时间，但大家公认的是，京剧是由徽剧名优程长庚（1811—1880）创立的，所以京剧的历史最长也不过百余年。

京剧之前也有过非常流行的传统戏剧，京剧取代了它们。通俗地说，就是有别的传统戏剧被打败了。那么，到底是哪种戏剧被“打败”了呢？它又是为何被打败，最终走上末路了呢？我想知道的实在是太多太多了。

脑海中之所以浮现出这种种疑问，是因为在报纸上看到了中国昆剧团受邀至日本演出的报道。比起京剧，昆曲的知名度可以说低得令人绝望，即使是对中国有所了解的人也会认为，“那是来自云南昆明的戏剧吧。肯定是云南的地方戏”。

昆曲的“昆”，不是云南昆明的“昆”，而是江苏昆山的“昆”。昆山好像是一个县，正好位于上海和苏州中间。昆山在地图上略写成“昆”，但此地原名应当写作“崑山”。

昆曲具体诞生的时间也并不精确，据说是在16世纪中叶，由一位名叫魏良辅的天才剧作家创立。魏良辅祖籍江西，但曾在昆山附近的大仓居住，他生来就有音乐天赋，并热衷研究。当时音乐的主流是“南曲”，但魏良辅对这种乐曲并不满意，因此他枯坐家中，研究怎样才能创造出他理想中的音乐，甚至被传颂“足迹，不下楼十年”。

南曲这个词有两个意思，一是指南方的戏曲，另一个是指南方的乐曲。为了区别二者，后者又被称为“南管”，和“北管”相对应。北管热闹，旋律起伏激烈，而南管则相对音韵低沉，节奏缓慢。几年前，我曾在福建泉州听过南管演奏，对此不感兴趣的人怕是会犯困。北管是烟花柳巷中的酒席音乐，南管则是文人聚会上的乐曲，一般都是这样定位这两种音乐的。这也反映在戏曲的风格上，北曲的风格偏向悲愤慷慨，南曲则是平淡悠长。

戏曲变得有趣，是从元代开始，其原因当然是出色剧本的出现。自元朝开始，一流的文人也开始写作剧本和小说了，在这之前的一流文人们，一心只想科举及第考中进士，所以只研究四书五经。同时，科举考试的项目之中出现了诗，所以吟诗的人也开始多了起来，除此之外的文学形式都饱受冷落。写小说剧本的多是一些屡不及第的文人，以此作为赚钱糊口的营生，作品的质量自然也不高，所以现存的也很少。元朝时，相当长的一段时间内科举制度被废除，失去了奋斗目标的文人们，总算将目光从诗歌转向了戏剧和小说，元曲中也出现了数量众多的优秀作品。从元代到明代，涌现出了诸如《水浒传》《西游记》《三国演义》等奇书。因为这些文章十分耐读，所以才能流传至今。魏良辅生卒年不详，只知道他在嘉靖、隆庆年间极为活跃，那时候是明朝中期，戏剧和小说的地位已经得到了提高。

也正是在那时，唐寅和文徵明等吴中四大才子出现，苏州作为文化城市迎来了它的黄金期。昆山则是当时苏州府的县治，也就是县政府所在地。江南地方，当然是属于南曲圈子。魏良辅正是对当时的南曲持有不满，他认为南曲太过小众，有自我陶醉的倾向。明白人来看来听就行，这种“闲人免进”的态度，不仅表现在乐曲中，还表现在戏曲形式中。

因此，魏良辅开始对北曲产生了兴趣。北曲比较吵闹，一直为南曲的创作者们看不起。的确，北曲有震耳欲聋的嘈杂，和文人的审美观念不相符的地方很多，但北曲激昂豪爽的艺术风格却令人难以割舍，如果能与南曲“清秀婉转”的特色相结合，岂不是一桩美事？

这种想法说起来容易，好像将两者相加后再平均折中就行，但作品要面对的是活生生的观众和听众，所以实际操作起来并不是那么简单。魏良辅立志要创造出一些新的东西来，大概也是出于自身的危机意识。实际上当时的戏剧无聊至极，观众们在观戏时，为了维持自己作为文人的体面，不得不忍耐而表面上做出一副听得津津有味的样子，这样长久以往，观众肯定会慢慢流失。对吃这碗饭的人来说，客人流失是非常严重的问题。像现在这样不作任何改变的话，流失的客人肯定不会自己重新回来，这一点让魏良辅觉得必须创造一些前所未闻的东西出来。

这时，魏良辅与北曲作者张野塘相识了。北曲当时也面临危机，虽然乐曲听起来很热闹，但戏剧内容却十分单调乏味。平庸之人很难感受到危机的存在，对危机敏感的，都是行业中的优秀人才。我们不是很清楚二人是怎样相遇的，但南北戏曲界出色的两人开始合作为戏曲改革贡献了力量。

据说魏良辅把自己的女儿嫁给了张野塘，由此看来，这二人之间有相当大的年龄差。创新过程中，魏良辅成了主导的中心人物。首先，南曲中未曾使用过的乐器，比如笙、笛，都被魏良辅导入使用。除此之外，魏良辅还加入了地方音乐元素，给太过优雅的曲调注入了活力。

当然，这些地方戏剧的精华都被融入昆曲中。随着昆曲的出现，苏州周边的海盐、弋阳、余姚等地的地方音乐便迅速衰落了。同样是昆山人的梁伯龙，写了《浣纱记》的剧本，并配上魏良辅研究出的新曲调，一经上演，这个形式便一跃成为了苏州剧坛的主流。元代以后出现的优秀戏剧剧本，也都接连配上了魏良辅的曲调进行演绎，逐渐地形成了昆曲。

就这样，昆曲在明代中期后，以苏州为出发点，制衡了中国剧坛。自此以后，汤显祖的《牡丹亭》，洪昇的《长生殿》，孔尚任的《桃花扇》，这些优秀的作品都是作为昆曲剧本创作出来的。不过，到了清乾隆年间，也就是18世纪中期，昆曲开始逐渐失去了活力。由出色的剧作家们支撑发展起来的昆曲，也走上南曲的老路子。昆曲开始追求演出形式上的典雅，台词也为了脱俗而越来越文言化，没有一定的文化水准便理解不了昆曲中的台词，自然让一般观众提不起兴致。为了自己的体面而牵强附会，观众也就逐渐减少了。

当时在北京，最为百姓们所接受的是北曲系的秦腔。秦腔音调极高，情绪高亢且内容简明易懂。秦腔也是南方化后的“西皮”，过分吵闹的舞台，看多了也容易厌烦。更何况舞台的内容单调乏味，不管听哪一场，看哪一场，观众都不会有新鲜感。秦腔看起来好像取代了昆曲，但单凭自己的力量很难将霸主地位维持下去。说到底，秦腔没有经历过昆曲诞生时的阵痛，只是在大家对形式化、陈腐化的昆曲感到厌倦时，才突然变得抢手起来。所以在不久之后它就会被新势力轻易地取代，而在北京取代秦腔的就是京剧。

昆曲虽然在北京走下了神坛，但在其诞生的故乡苏州，依然被继承了下来。大概在北京受到的挫折，刺激了昆曲的生存欲，集秀班、高天小班、聚福班等戏班子守护了昆曲的火种。只不过到了清朝末年，只剩下全福班和四六班两个戏班子。危机感是重生的原动力，1921年，由北京大学吴梅教授、俞粟卢教授等人在苏州成立了昆曲传习所。沈月泉、小彩金、沈斌泉等老艺术家，在那里向十多岁的学生传授传统戏剧表演。戏剧从骨骼还未定型的孩童时期开始学习为好。这些复苏的昆曲名演员，为了纪念“传习所”，都给自己的艺名里加了“传”字，比方说周传瑛、王传松、朱传蓉等名优。

昆曲复活的见证是1956年在北京成功上演的《十五贯》。剧本改编自清代朱素臣（也是苏州人）的戏剧《十五贯传奇》，是昆曲中最具代表性的演目之一，估计在日本也会公演。《十五贯》可以说是公认的、最为成功的古典戏剧改编的例子。

话题回到京剧上来，如今即使对日本人来说，京剧也算是比较熟悉的剧种。但如果疏忽大意，京剧也有可能随时没落下去。任何事物开始失去活力时，就是衰败开始之时。昆曲通过吸收不同的元素而产生活力，并走向了繁荣。后来又经历了太过阳春白雪而失去活力，最终衰落下去的过程。

京剧的完成者是梅兰芳，他将难登大雅之堂的京剧进化得更为优雅，并将其捧到了舞台上。但鲁迅却对梅兰芳的功绩表达过不满，他认为梅兰芳将京剧搞得太过脱俗了。

打把式卖艺时代的京剧，使用的台词自然是通俗易懂的，如果观众在台下喊些什么，台上的演员还经常会据此进行即兴表演或者对观众的呼喊做出回应。观众和演员的互动中，也不乏一些鄙俗的、带有性暗示的对话。但只看双方互动这件事，我们就能感受到当时隐藏在京剧中的活力。变得高雅是件好事，但戏剧原有的活力也消失了的话就不可取了。鲁迅曾经提出意见，认为京剧中“乡间姑娘的健康美”，会因为梅兰芳的演绎而有消失殆尽的可能，换句话就是说，不能忘却京剧中意气风发的活力。

昆曲这种传统戏剧，在消失的边缘还是勉强地保住了自己的活力。这活力的根源到底何在，也只能从戏剧观赏中来探索。

禁火节

彼岸节是日本独有的节日，春季和秋季一年两次，要扫墓并举办其他佛事。佛教诞生地印度没有这样的习俗。彼岸节把春分和秋分作为中日，再加上前后一起就是三天。春分和秋分都是中国土生土长的二十四节气之一，但在中国也没有那样的习俗。

在中国，扫墓则是被安排在二十四节气之一“清明”。日本的话，只有冲绳非彼岸节时扫墓，而且是和中国一样在清明，另外鹿儿岛的一部分地区，也有清明扫墓的风俗习惯，但地域范围极小。

二十四节气平均分布在一年之中，一月有两节，从节气的名称我们也能很强烈地感受到季节的差异。

立春、雨水、惊蛰、春分、清明、谷雨

立夏、小满、芒种、夏至、小暑、大暑

立秋、处暑、白露、秋分、寒露、霜降

立冬、小雪、大雪、冬至、小寒、大寒

像这样，节气分成四行排列下来就一目了然了。春夏秋冬的开始都使用“立”字，从左往右按顺序数到第四个，春秋是“分”，冬夏是“至”，二十四节气的名字中带有四季的，就只有这八个。古代只有“二分二至”的说法，无疑指的是春分、秋分、夏至、冬至。但仅仅这样的话就显得过于简单粗略，所以又加上了四个“立”，由此便诞生了八节。随着人类生活的日益复杂化，只有八节也不够方便了。八节之间也需要更精细地指导农事，于是又各插入二节，二十四节气便产生了。立春开始第三节叫做启蛰，《汉书·律历志》将其写为惊蛰。

最基本的是“二至二分”，至是“寒暑之极点”，分则是“阴阳之和”。夏至时白昼最长，冬至时白昼最短。春分、秋分则是昼夜对分，因此被认为是“和”。

夹在中间的“四立”则是“生长收藏之始”。立春、立夏时万物生长，立秋和立冬则代表要开始收藏了。

人们都习惯于将农历称作阴历，但更准确地，我们应当将其称作阴阳历。太阴历是单纯地依据月球的运行进行日期计算，一年会少十一天。伊斯兰教历就是纯阴历，每过三十多年就会和阳历差一年。而我们所说的农历，则会设置闰月来调整与太阳运行之间的偏差。尽管如此，每过三年还是会出现一个月左右的偏差，所以光看日历还会出现与季节的不相符。播种、收获等农事又都和季节息息相关，所以人们发明了以太阳运行为基础的二十四节气。从公历上看，二十四节气每年差不多都在同一天，即使有差异，也最多差不过一天。

春分在3月21日或22日，下一个节气清明就是15天之后，具体日期在4月5日或6日。也就是说，中日两国扫墓祭祖的日子有15天左右的间隔。清明，如它的字面意思一样，正是处在一个清澈明亮的季节之中。已经过完春天正中的春分，下一个季节的气息开始在空气中飘荡，正是嫩叶的季节，人们也走向户外。在这洋溢着新鲜活力的时节里，有代表性的娱乐活动是踢足球和打秋千。

古代，有清明前两天禁火的风俗，这是来自晋（山西）的地域习俗，在南北朝时期这一风俗开始向南方扩展，到了唐朝时，几乎发展成为全国性的风俗习惯，都开始禁火。关于这一习俗的由来，有各种各样的说法。有说法认为，山西地区到了清明就会刮大风，为了防火才在一定时期内禁止用火。另外清明时期的“改火”仪式即来源于此。古时候，人们会根据季节不同，不断改换用于烧柴的树木的种类。《论语·阳货篇》里这样写道：“钻隧改火。”

“钻隧”就是钻木取火的意思，依据古代注释的说法，春用榆柳，夏用枣杏，末夏用桑柘，秋用柞栎，冬用棣檀。唐朝时有一种风俗就是，每到清明，就会在宫中燃起新火，并将新火赐给群臣。唐朝诗人张说写过一首清明诗，诗中写道：

承恩如改火，春去春来归。

所谓“承恩”，多用于形容受到天子恩赐，在这里也就是指火。燃起新火，大概是为了招来春天的阳气吧。古注称，一年要进行5次“改火”仪式，但只有清明这一次才会将新火赐给群臣。同时，也只有清明这一次，才会在改火前禁止用火，其他的改火期则完全没有这种说法。因为不可以用火，所以大家都只能事先做好饭，留在当天食用。对于不管吃什么都要先加热的中国人来说，食用冷饭冷炙大概很难受，所以到明清时期，这一风俗也就取消了。只有“寒食”这个词留了下来，几乎成了“清明”的同义词。

有关火烧介子（也写作之）推的传说。介子推是春秋人氏，曾追随晋文公亡命长达19年。但在文公即位以后，介子推隐居山中，拒绝为官。文公为了将他逼出，便放火烧山，但介子推誓死不从，最终竟被活活烧死在山中。文公为了悼念介子推，便下令当天禁火。

四月上旬的时节，也非常适合整理心情，重新出发。走出家门，已然感受不到寒意，所以，大家想到的第一件事就是可以去扫墓了。墓地大多在郊外，需要花上一天的时间外出，带上做好的便当。寒食——吃冷饭日的来历，原型说不定是来自扫墓时带的便当。

出门扫墓的人只能吃冷食，留在家中的人们也不大好意思吃热腾腾的饭菜。而便当要带出门，所以一定要便于取食，有的时候也会不用筷子吃，而是直接用手抓取食用。如今我们很熟悉的春卷的形状，一开始有可能就是作为扫墓盒饭诞生的。福建和台湾地区，将生春卷称为“润饼”或“切饼”，确实也是清明时令的食物。

《燕京杂记》中写道，清明时，街上会卖“盒子菜”，人们将其用作扫墓时的供品。所谓“盒子菜”，就是装进盒子中的饭菜，比较便于携带。当然供奉过祖先后，大家也会将盒子菜撤下吃掉。

清明时，妇女儿童要头上插柳。正好是柳树发芽的时候，人们大概也是想借助这强大的生命力来祛厄消灾吧。

——清明不带柳，死后变黄狗。

墓地是灵魂聚集之地，冤魂也在其中。要去那里的话，就必须借助柳树的灵力。还有另外的歌谣唱道：

——清明不带柳，死在黄巢手。

黄巢是唐末一次大规模起义（878—884）的领导人，约定以清明为期发动起义，造反者头戴柳条，以区分敌我。但这个故事未免显得太过巧妙了。

王维的七言律诗《寒食城东即事》中，有这样一句话：

蹴鞠屡过飞鸟上，秋千竞出垂杨里。

蹴鞠，可以理解为现在的足球，被踢入高空，甚至超越鸟儿。秋千摇晃着，穿过杨柳枝，这句诗中也是清明配柳。契丹辽王朝制霸华北时，正是清明秋千的全盛期。秋千由五彩的绳索做成，人们着盛装踩在秋千上，荡秋千被称为“半仙之戏”。仙人可在空中自在飞行，那么荡秋千差不多就能成半个神仙。而到明朝时，北京城里就已经看不到荡秋千了。

韦应物写过一首名叫《寒食后北楼作》的五言绝句：

园林过新节，风花乱高阁。

遥闻击鼓声，蹴鞠军中乐。

远处可能有一处兵营吧。诗人听见的鼓声，可能是蹴鞠比赛时用来加油助威的。诗名中提到“寒食后”，印证了蹴鞠是清明时的游戏。

在缺乏娱乐的时代，扫墓也是一种散心。在中国通常称为“扫墓”，也就是整理打扫先人的长居之所，借此追忆故去之人。我们也可以说，追思故人是进入新时代的一种通行仪式。禁火数日之后，人们进行一道仪式，跑出户外，门外等着他们的是秋千与蹴鞠，是芬芳桃李，黄莺鸣啭，是绿柳，还有欢歌飞舞。

杜甫在五言律诗《一百五日夜对月》中写道：

无家对寒食，有泪如金波。

日本的“八十八夜”，是指从立春开始数的第88天，而寒食是从冬至开始计算，冬至到清明是107天，清明前两天就是禁火日，也就是寒食，相当于第105和106天。《荆楚岁时记》中有：

去冬节一百五日，即有疾风甚雨，谓之寒食，禁火三日。

温庭筠在《寒食节日寄楚望》中写过：

家乏两千万，时当一百五。

但元稹的《连宫词》中则写道：

初过寒食一百六，店舍无烟宫树绿。

有的注释中写道，如果从冬至的第二天开始数，数到寒食就是105日，如果带上冬至的话，就是106日。但寒食要持续两天，特别是元稹的句子里写的是“过”寒食，我们将其理解为清明前一天应该也没有问题。

没有火是寂寞的，但看不见的火苗在我们心中熊熊燃烧。正如沈佺期所说：

普天皆灭焰，匝地尽藏烟。

不知何处火，来就客心然。

海贼林凤

菲律宾前总统阿基诺夫人在接见中国代表团时，曾谈到自己的祖父是中国人。还有传闻说，马科斯总统在接见某个蔡姓中国实业家时，为了表示欢迎之意，对他说“我也姓蔡，我们是本家呀”。

很多人都认为，菲律宾的历史是在16世纪中期处在西班牙统治下之后，才真正开始的。这种说法是以文献记录为标准的，实际上菲律宾这个国家从更早就已经存在了。中国的史书中，就片段地出现疑似是菲律宾的国家。元代的《文献通考》中有这样的记载：

> 摩逸国，太平兴国七年（982），载宝货至广州海岸。

文中又说摩逸国在渤泥（婆罗洲）的北边，所以肯定是菲律宾的某处，藤田丰八认为应该相当于现在的菲律宾民都洛岛。同样是元代的《岛夷志略》中提到的麻里噜，肯定指的就是马尼拉。其余的书籍（13世纪的《诸藩志》）中则记载道，在麻逸（同摩逸），商船进入港口后，船员就会下船与当地人混居。大概因为当地生活太过舒适，甚至留下了如下的记载：

亦有过期不归者，故贩麻逸舶回国最晚。

由此我们也可以知道，早在西班牙开始在菲律宾的殖民统治之前600多年，菲律宾就已经与中国有往来了。并且，有不少中国商人都留了下来，和当地人关系十分友好。但受到西班牙统治后，在菲中国人多次受到迫害。“devide and rule”（分而治之）是殖民地统治的铁的守则，在少数人作为统治者的体制下，统治者最害怕的无非就是多数人的团结。为了破坏被统治者间的团结，西班牙殖民者采取的基本方针就是恶化土著和在菲中国人（也就是华侨）之间的关系。即使这样，当地人和华侨生出的混血儿还是在不断地增加。从中菲近一千年的交流历史来看，阿基诺夫人家族还算是比较新的迁居混血家庭。

根据西班牙方面记录，16世纪末期，有一位名叫

“Limahon”的中国海盗头目，曾率领大批人马袭击吕宋岛，副首领是个名叫“Sioco”的日本人，攻入了马尼拉。西班牙的政府军经过一番苦战之后才击退了他们。

“Limahon”到底是何方神圣？根据中国方面的史料记载，当时横行南海的海贼首领有曾一本、林道乾、林凤等人。《明史》中称曾搅得吕宋不得安宁的海贼名为林道乾，但《明实录》中则记载的是林凤。中国人除了名外还有字，林道乾和林凤也有可能是同一个人。但也有史料称林道乾是福建泉州人，林凤是广东饶平人。如果将“Limahon”看成是“Li-ma-hon”的话，汉字也可以写成李马奔。

在南方，“林”的发音是“lim”。称呼对方时为了表示亲昵，还会在名字前加一个“a”，如今这种称谓方式已经很普遍。这个“a”，汉字可以写成“阿”或着“亚”。因此，“Limahon”也有可能是指林阿凤（Lima-hon），但同时，“a”音也可放在名词后面。譬如，我的名字在闽南语中的发音为“Tan Sun Sin”。长辈或与我关系极为亲近的朋友们，在我不在场的时候谈论我的话，就会称呼我为“Tana Sun Sin”。另外与我关系非常亲近的人在面对面称呼我的时候，一般会在姓的后面加上一个表示“的”的“e”音，这种情况，一般只单叫姓，不叫名字，也就是“Tane”，这种叫法比较潇洒，有点类似于江户时代的“……的”，比如“哎，河内家的”这种感觉。话题有些扯远了，但西班牙方面的“Limahon”记录如果指的不是“Lim a-hon”，那就是“Lima hon”，我认为不论是哪一个，指的都是林凤。

明朝为了抵御倭寇，实施了海禁，只要是飘在海面上的船都会被明朝政府视为海盗，林凤一伙人则肯定是自带武装的贸易组织。处在海禁时代，日本若想买中国产的生丝，就不得不和这些非法组织进行交易，并且有必要派人潜入这些组织当中。据说突围马尼拉的副首领“Sioco”就是日本人，大概平日里被称为“壮公”或者“庄公”吧。

从明朝政府的角度看来，林凤是违犯禁令的海盗。从西班牙的角度来看，他是来争夺商权的对手。但如果西班牙将林凤团伙称作海盗的话，从墨西哥横渡太平洋而来的西班牙团体组织也一样是海盗。西班牙从1565年开始了对菲律宾的侵略，1571年时在马尼拉设置了基地，林凤攻击吕宋则是1574年的事。

迟来一步的林凤，带着反转局势的想法发动了进攻。

《明实录》中，万历二年（1574）十月辛酉日留有这样的记载：

总兵胡守仁、参将呼良朋追击之，传谕番人夹攻，贼船煨烬，凤等逃散。

当时抵御了林凤的攻击并将其击退的，实际上是西班牙将军萨尔塞多，明朝总兵和参将的军队并没有到达吕宋。尽管如此，在给朝廷的报告中，他们还是称自己与西班牙军队“夹攻”了海盗。西班牙并不是因为接到了明朝皇帝的诏令才出战，他们完全是为了保护自己的商权才应战的。

理应溃不成军的林凤团伙第二年又出现在福建、广东沿海一带，总兵胡守仁一直将他们追击至淡洋，并报告称击沉了海贼船二十多艘，林凤逃亡西蕃。

攻击马尼拉失败之后，林凤在邦阿西楠附近安营扎寨，希望自己能够东山再起。但最终他还是未能抵挡住西班牙将军萨尔塞多的猛攻，于1575年8月逃离了菲律宾。林凤团伙战斗力变弱，或许和副首领日本人庄公的战死不无关系。

《明实录》中记载道：

把总王望高等以吕宋夷兵败贼林凤于海，焚舟斩级。

《明史》中只是将“夷兵”写作“蕃兵”，将“败”写作“平之”，描述时使用的措辞都大体一致。向北京传达报告时，说的是指挥西班牙军队的是明朝把总王望高。

但实际上王望高到达吕宋时，林凤已经被包围，溃败只是时间的问题。西班牙方面的记录中留下的“Omocon”，指的肯定就是王望高了。

明朝军阶中最高的是提督，相当于现在的师长。往下是总兵，大概就是现在的连队长。再往下才是参将、游击、把总，所以王望高只是个下级校官，或者是个上级尉官。说这种官阶的他指挥西班牙军讨伐了海盗，这其中肯定有不少粉饰的成分。西班牙方面倒也是对王望高非常礼遇，主要是希望能够凭借惩办海盗的功绩，建立与中国的通商关系。西班牙当局与王望高商量之后，派遣了马丁·德·拉达和赫罗尼莫·马丁两个传教士前往福建。

因为击退海贼有功，福建当局款待了这两位传教士，并给他们赏赐，只不过最后没有缔结通商条约。在海禁时期，这种与基本国策息息相关的问题，地方官员自然是不敢随便定夺。拉达通晓中文，返回吕宋时，购买了一百余部汉文书籍。不久后他就成为了汉文化的传播者，这也可以说是西班牙在林凤事件中得到的最大收获。

西班牙在1576年向福建派遣了使者，15年之后，丰臣秀吉给吕宋的西班牙政府送去了一封颇带威胁语气的书信。对于通商这件事，菲律宾的西班牙当局当然是持欢迎态度的，但秀吉书信中的措辞非常强横。在看到“若不进贡就要征伐”之类的言辞之后，当时的总督戈麦兹·佩雷斯·达斯马利亚斯甚至开始怀疑这封国书的真实性，于是他派遣传教士凡·科博前往日本进行确认。此后又有了好几次使者的往来，但对于日本提出的投降的要求，西班牙当局回答道：

——我们不承认西班牙皇帝菲利普二世以外的君主。

西班牙多次派出使者，也是为了瞄准与日本的通商机会，不过未能达成这个目标。

林凤逃出吕宋以后下落如何，史料中没有留下明确记载，有传闻说他占据了渤泥，也就是现在的婆罗洲文莱一带。但林凤一党已然失势，就再也没有登上过历史的光辉舞台。

自此以后，南海的贸易权为福建的新兴势力郑氏一族所掌握。林凤叱咤海上之时，他的副手是一个名叫庄公的日本人，与林凤一样，郑家也同样与日本颇有渊源。郑家的顶梁柱郑芝龙，曾在日本平户居住过一段时间，那时他与日本妻子生下的孩子便是郑成功。日本对于生丝的需求，在南海贸易中占了很大的比重。

刘继宣在《中华民族拓殖南洋史》（1935年出版）中提到林道乾曾想要仿效徐福在日本发迹的故事。正如前文所述，这里的林道乾与林凤很有可能是同一个人。徐福则是传说中秦始皇时期，船载众多童男童女，横渡东海的人物。林凤率领的部队有4000人，但全员并不都是战斗人员吧。有史料记载，福建总兵胡守仁追击林凤，在碣石俘虏了男女“贼徒”80多人。“男女”这种记载方式，是否暗示着他们是大规模的移民呢？没准儿林凤真的在婆罗洲定居，修建了自己的住宅，安然度过了晚年呢。

百、千、万及其他

有人认为中国的十二进制法是从西方传来的。但也有人提出证据反驳说，中国人古来就已经有了这种制法，比如，十干和十二支都是用来计数的，在中国已经耳熟能详。

在古代，个、十、百、千、万、亿、兆，这些单位实际上都是依序排列下来的十进制单位。按现在的数法，从个到万是一样的，但亿应该相当于现在的十万，兆相当于一百万，十兆才相当于一千万，再往上的数字基本上都很难用到。古人使用算筹进行计算时，用横表示个位数，竖表示十位数。甲骨文和金文中，“I”指的是十，“II”指的就是二十。

在上古时代，一百就已然是一个很大的数字了，所以我们有“百姓”这个词，代表有很多“姓氏”的意思。在日本，“百姓”这个词专指农民，但中国则指的是普通民众、平民。“百姓”和日本的年号“昭和”都出典自《书经·尧典》中的一句话，也就是：

百姓昭明，协和万邦。

这里的百姓一般被注解为“百官”。从一般民众中，选出有德有能的人担任官职，再依据他们的政绩赐姓氏。还有一种解释称百姓为“畿内民庶也”，如果按这个来理解的话，“百姓”就是指不受诸侯的管辖，而是直接受王统治的民众。百官善于治理，民众讴歌和平，这样的状态就是“百姓昭明”，推广开去，各地友好相处的状态就是“协和万邦”。

古时候，并不是人人都有姓，姓是御赐的，所以当时姓氏的种类最多也就只有一百左右。与日本姓氏（日本人称为苗字）的数量相比，会发现中国的姓氏数量少得可怜。中国人常说的是“百家姓”，一般认为姓氏种类大概在一百左右，实际上中国人的姓氏应当有数千种，但日本人的姓氏数量却是数以万计的。日本人的姓一般由两个字组成，偶尔还可以见到三字姓，中国绝大多数都是一字姓。当然也有二字姓（中国称为复姓），诸如司马、诸葛、欧阳，等等，但极为少见。据说诸葛亮家族的祖籍原本在诸县，原姓葛，之后移居至山东省内的琅琊阳都，但阳都那里已经有姓葛的家族，为了与当地的葛氏进行区分，表明自己是诸县来的葛家，自此便改姓了诸葛。历史上的复姓名人其实很多，比方说《史记》的作者司马迁，《资治通鉴》的作者司马光，和诸葛亮同时代的公孙氏、夏侯氏都是声名赫赫。而曹操的父亲曹嵩，据说也是原姓夏侯。曹操的祖父名叫曹腾，是个颇有权势的宦官。宦官当然是无法生育的，一般是领养继子来解决后嗣问题，于是领养了夏侯家的夏侯嵩。

要说到如今为何复姓变得越来越少，主要是因为很多改回了一字姓。比方说姓司马的人改回原来的马姓，诸葛改回葛姓，欧阳改回欧姓，公孙改回孙姓，夏侯则改回夏姓。毕竟大多数人的姓氏都只有一个字，复姓总觉得很显眼，日常生活中有时也会多感不便吧。

“世”字和“卅”字一样，一代平均也就是30年。族谱记录得最为清楚的孔家，如今当家的孔德成是第77代。按一代30年来算的话，孔家的历史应当有2300多年。孔子是在公元前479年去世，所以孔家世代交替的频率实际上是略快于平均值，但误差并不很大。对我们来说，从春秋时代开始就存在，并且超过100代的家族已经绝无仅有了。所以，百世或者百代真的是让人感觉很遥远的悠长岁月。百代平均下来是3000年，也就是基督诞生前的1000年前。

日月乃百代之过客，流年亦为旅人。

这是芭蕉的《奥之细道》中十分有名的开篇第一句，引用的是李白的《春夜宴桃李园序》中的“夫天地者，万物之逆旅也；光阴者，百代之过客也”。

这句话在前文中曾有提及。百代指的是永恒的时间，成语 “百代之城”中也用了这个词，这个说法则是出自《管子》，用于形容百代不坏、坚固无比的城池。但不管如何，用百代不坏的说法来形容城墙的坚固，未免令人觉得太过夸张。印刷术普及之前，书籍的传播多靠手写，因为当时的照明条件比较差，书中出现错误的情况很多。因此也有人认为 “百代之城”是“仞”字误写成了“代”字。在周朝时，一仞是7尺，相当于不到现在的158厘米。那么百仞就是158米，作为城墙来说也许有些太高了。不过看过南京城之后，百仞之城的说法也不能说是荒诞无稽。

一百是人类寿命很难达到的一个数字。特别是在说“人生五十”的年代里，大家一般都不会指望自己能活到百岁。中国人避讳说“死”字，因此通常用“百岁后”来婉指。

《史记》中，吕后曾问高祖：

陛下百岁之后，萧相国既死，令谁代之。

这句话问的是，萧何现在是丞相，那么，陛下去世以后，萧何又马上死了的话，应当由谁来代替他呢？如果萧何先死，继任首相自然由高祖自己来任命。但是，如果皇帝先死的话，就要先将丞相的人选定好。对于这种事情大臣们很难开口，只有吕后来问才合适。尽管如此，吕后也是出言谨慎，用“百岁后”代替了“死后”。百岁后也可以说成“万岁后”，放在十进制中来看，这就是连升了两级。同样在《史记·高祖本纪》中，汉高祖平定天下以后，回到故乡沛县，写下了有名的《大风歌》

大风起兮云飞扬。
威加海内兮归故乡。
安得猛士兮守四方！

高祖高歌起舞，流着泪对着家乡沛县的父老说，虽然我将都城定在关中，但死后，自己的魂魄还是会牵挂沛县。这里的死后也用了“万岁后”这种表达方式。

但“万岁之后”是专门给皇帝用的，普通百姓不能轻易乱用。

皇帝又叫“万岁爷”。在日本，“爷”这个称呼常常用于称呼年龄比较大的男性，比如民间传说中的花咲爷和长瘤子的老爷爷等。在中国则是不问年龄，用来称呼地位比自己高的人。所以即使是年长的仆人，在称呼20岁上下的自家少爷时，也是要称对方为“爷”的。

在日本，三呼万岁的做法是到了明治时期才开始出现的。但在中国的史书中，却常常可以见到有关高呼万岁的记录。万岁是“long live！”的意思，但除了长寿的含义以外，其实也在暗示着死亡。

皇帝是万岁爷，亲王则要降低一级，称为“千岁爷”。19世纪中叶的太平天国，天王洪秀全称万岁，二号人物东王杨秀清称九千岁。在击破清朝的江南大营之后，杨秀清实际上的威信和天王不相上下。于是杨秀清将自己九千岁的称号，擅自升格成了万岁。这样的举动，天王洪秀全自是不满意，那些原本就反对东王的人更是坚决抵抗，最终，东王在政变中下了台。

都说中国人喜欢数字，这一点和中国人务实的性格有很大的关系，也说明中国人不喜欢抽象的东西。最明显而又常用的就是“万里长城”，与其说很长很长的城楼，不如使用具体数字“万里长城”来描述更为人所好。虽然之前没有人具体测量过长城的长度，但大家都认同“万里”是长距离的一种表达，最终“万里长城”也就成了长城的通称。

富豪又被称为“千金之子”，称呼中有了数字，理解起来也自然更加具体。《史记》中曾写道：

千金之子，不死于市。

有人解释为，有钱人自爱，不会在街市中因为无聊的争斗而殒命。但当时，为了儆戒民众，犯人常常在菜市场被处刑，因此也有人将此处的死解释为被处死刑。这样一来，大概就可以理解为不是因为自爱而不被处刑，而是因为有钱行贿才不需受刑罚了。

除此之外，看得远的人被称为“千里眼”，快马被称为日行千里的“千里马”。

重视日常生活中的数字固然是好事，但即使这样能促进“算术”的发展，却很难与“数学”的大飞跃相联系。印度人喜欢抽象概念，那样的风俗也孕育了数字0的出现，印度也由此成为了数学的诞生之地。相较而言，中国的数字单位，最大的是兆，也就是如今的一百万而已，这一点在前文中也提到了。

印度最长的时间单位是“劫”，印度语中称为“kalpa”。将方圆40里的巨大城池堆满芥子，长寿的人百年来一次，一次取走一颗芥子，芥子取尽“劫”还未尽。这种没有尽头的单位，可以说没有丝毫的现实意义。但正是通过思考这种非现实的东西，才使高等数学的发展成为可能。

还有另外一种说法，一劫就是梵天的一日，相当于人间的四亿三千二百万年。劫的一亿倍叫做“亿劫”，这么长的时间让人根本提不起兴致来数。日语中这个单词读为“okku”，用来形容让人不起劲的事，或者非常麻烦之事。如果真的打算数到“亿劫”的话，就不能用平常使用的方法来数，而是应当换个思路，比如说将四亿三千二百万年换算成梵天的一日。这些方法都是现实主义者们想不到的，却又恰恰可能成为高等数学的开端。

天河之石

1970年大阪世博会中，最吸引人眼球的展示品是一块“月石”。世博会开幕那年，是阿波罗2号载人飞船实现人类首次成功月面着陆的第二年，对此人们的兴奋劲儿还没过。参观者们为了看这块展示的月亮上来的石头，每天都排队排成长龙。我从一开始就没打算看，也就未曾加入队列中去。还记得当时看着这长长的队伍，我不禁联想到“张骞之石”的故事。

即使史实有清清楚楚的记录，民间也会广泛流传许多与史实不同的版本，张骞出使的故事便是这样。汉武帝派张骞出使西域，是为了让他前去与西方月氏国结成军事联盟，一起夹击匈奴。月氏曾在战争中败给匈奴，国王被杀，被迫向西逃亡。张骞历经种种艰难困苦之后，好不容易到达西域月氏国。但遗憾的是，月氏国的人们迁移到肥沃的土地上，过上了安稳的生活，也失去了报复匈奴的斗志，最终拒绝了与汉朝结成军事同盟。

虽然未能完成最开始的出使目的，但通过这次出行，张骞了解了非常详细的有关西域的情报。

无论是在《史记》还是《汉书》中，关于张骞出使西域的经过都是如上记载的。但民间却说，因为汉武帝下令要寻找黄河水源，才派张骞出使。至于民间传说变成那样的原委，大体上也是能够推测出来的。元朔三年（前126），张骞从西域回到了长安。回朝后马上谒见武帝，报告了他在途中的所见所闻。

张骞的报告，也就原模原样的成为了汉朝所有的西域的知识。在张骞的报告中描写到，从葱岭（帕米尔高原）和于阗（昆仑山）向北流的两条河，合流注入蒲昌海（罗布泊），之后进入地下潜流，再从积石（青海阿尼玛卿山）流出地面，最终成为中国之河（黄河）。

也就是说，报告了与月氏结盟失败的消息后，张骞也讲述了出使途中各种各样的见闻。在叙述见闻的过程中，就提到了有关黄河水源的事情。

匈奴问题属于时事问题，黄河水源问题对中国人来说却是超越时代的大问题。匈奴分裂后，它对汉朝来说也不再成为威胁。这样一来，找到黄河河源反而成为了张骞取得的较为重要的成绩。久而久之，在大家口口相传之中，张骞出使西域是为了和月氏进行交涉的部分也不翼而飞，而为了找出黄河的源头成为出使的目的。

脱离史实的民间传说插上了想象的翅膀，展开自由想象的空间。地上有条巨大的黄河，天上也有一条巨大的银河。传说中，张骞为了寻找河源，坐上了竹筏，到达银河去探访河流的源头，还碰上了织女和牛郎。

这个传说最早的出典在6世纪前半期，梁代的宗懔所写的《荆楚岁时记》中有这样一段话：

> 汉武帝令张骞使大夏，寻河源，乘槎经月，而至一处，见城郭知州府，室内有一女织，又见一丈夫牵牛饮河。骞问曰：此是那边？答曰：可问严君平。织女取机石与骞俱还。后至蜀问君平，君平曰：某年某月客星犯牛女。机石为东方朔所识。朔曰，此石乃是天上织女支机石也，何至此处。

大夏指的是从古希腊人的殖民地中独立出来的中亚国家巴克特里亚。月氏人被匈奴追杀逃往此地后，征服了这块地方。月氏人有了臣服于自己的属国，过上了衣来伸手、饭来张口的日子，对匈奴的仇恨也就被悠闲的生活消磨殆尽了。关于月氏，也是众说纷纭，没有定论，我个人认为他们应该属于斯基泰人的国家。

在民间传说中，张骞就这样为了去探寻河源乘着竹筏，前往银河了。询问牵牛、织女，他们也没给出明确的回答，只是要张骞去问严君平。严君平是汉代后居住在蜀地，十分擅长占卜的名人。卜筮虽为贱业，但严君平觉得这能给众人施以恩惠，所以每天都会在成都的市场上给几个人算卦，赚个几百钱，够当天的饭钱后就歇业，开始讲习《老子》。总而言之，严君平是个无所不知无所不晓的人物。张骞回到汉朝后，向蜀地的严君平询问了此事，严君平答道，你出发的某年某月某日，客星（流星）划过了牵牛星、织女星，那颗流星就是张骞。

织女还送给张骞一块石头，这块石头原本是织女用来垫织布机的。张骞回来后，给东方朔看了这块石头。东方朔曾出现在《史记·滑稽列传》中，善于临机应变，也被认为是无所不知的人物。因为他总能一语道破对方心中的想法，所以被视作仙人。葛洪所著的《列仙传》中，记载有人怀疑他是木星下凡。所以，东方朔也是在民间传说中随时可能登场的角色。东方朔看了看那块石头，说道，这是织女的支机石，但怎么会出现在这里呢？

那么，到银河去了一趟的张骞，是从哪里踏上返程的呢？拥有葱岭和昆仑两个河源的黄河，进入罗布泊后，潜流于地下，又从积石流出，流到现在的青海省，之后黄河就流入甘肃省境内。唐乾元二年（759）发生了饥馑，杜甫弃官，前往甘肃秦州。在那期间，杜甫留下了有名的“秦州杂诗”20首，其中第5首如下：

闻道寻源使，
从天此路回。
牵牛去几许，
宛马至今来。
一望幽燕隔，
何时郡国开。
东征健儿尽，
羌笛暮吹哀。

这里的寻源使，不用说指的就是张骞。杜甫是知识分子，所以应当不会分不清史实和传说。但为了创作，诗人在作品中将这两个故事融合在了一起。

传说张骞沿着这条路从银河返回了汉朝，那么牛郎星离这儿到底有多远呢？历史记载张骞的脚步一直延伸到了中亚，因为他的到来，大宛国的汗血宝马也在某种程度上为人所知，现在也还能看到它们的身影。大宛国的这种名马非常适合当作军马。

诗中用历史上真实存在的“宛马”，对应传说中的“牵牛”，可以说是奇思妙想，令人叹服。下一句中，又从历史上出现的名马转回到现实中来。诗人遥望叛乱爆发的幽州和燕州，却只能空叹路途中阻隔重重。两年前，安禄山被自己的儿子安庆绪所杀，但叛乱尚未平定。杜甫逗留秦州期间，安庆绪又为同是叛乱军的史思明所杀。造反者之间发生内讧是好消息，不知要到何时，郡国之间才能恢复自由通行呢？为了平定叛乱，此地的年轻人都出发东征，只留下了妇孺老幼，羌笛奏出的旋律也更显哀伤。

同时期，杜甫还有一首名为《天河》的五言律诗，最后一句为：

牛女年年渡，何曾风浪生。

吉川幸次郎[1]先生曾说过，“我并没有充分领会到这最后

1　字善之，号宛亭，日本神户人。作家，1923年考入京都帝国大学，选修中国文学，师从著名汉学家“京都学派”创始人狩野直喜教授。

一句的意思”。我认为，这句话用的是一种对比的手法。天上的情侣年年相见，似乎并不是什么大不了的事情。而与此相比，地上的亲人却四处离散，见不到面，诗人大概是想吟出这份分离的悲伤吧。

前文出现过的《荆楚岁时记》中，记载了牛郎织女为何一年只能相见一次的原因。据故事说，牛郎织女结婚时，向天帝借了两万钱，却长期不偿还，便得到了报应。想必是牛郎一时筹措不到彩礼钱，才向天帝借款的吧。即使这样，这个故事也显得太过实在，缺少了一些浪漫气息。

刘禹锡的《七夕》中，也提到过织女给张骞的那块支机石：

河鼓灵旗动，
嫦娥破镜斜。
满空天是幕，
徐转斗为车。
机罢犹安石，
桥成不碍槎。
谁知观津女，
竟夕望云涯。

诗中的“河鼓”，指的就是牛郎星，嫦娥则是住在月宫中的仙女。

天河能渡，是因为有喜鹊架桥。喜鹊成群之后，看起来像是在空中架起了一座天桥，人们大概也是由此联想出来的吧。而在故事中，张骞则是乘着竹筏渡了银河。有桥，乘竹筏也可以到达，若想相见，可以采取的方法应当很多。即使这样，也有只能站在渡口，整夜遥望云涯的女性。人世间总是上演着想见却不能见的悲剧。

诗中的“机罢犹安石”之石，肯定指的就是张骞带回来的支机石。即使暂停了织布，垫织布机的石头却不能取下。一夜欢会之后，还是不得不坐回织布机前。天上也有天上的难处。

刘禹锡受到顺宗的信任，实行了革新政治。但随着顺宗在805年退位，刘禹锡也在政治上失势，很长一段时间都被流放至外地。晚年时，刘禹锡才被朝廷召回，复官至检校礼部尚书。他被逐出长安那年，是空海返回日本的前一年。前文出现的《七夕》一诗，成诗时间并不确切，但经历过天堂和地狱的刘禹锡，被陷落地狱之时，也还执着地偷偷怀抱着那块天堂来的石头吧？

蝉鸣

六甲山房迎来了蝉鸣的季节。

不同种类的蝉，鸣声各异，不同的人也能从蝉鸣中听出别样的意味。传闻中有修行中的僧侣听到“死去吧死去吧”[1]的蝉鸣声而决然顿悟的例子。在日本，有些蝉的学名恰恰取自蝉鸣的拟声，例如昼鸣蝉[2]与知了[3]。

在北京及其周边地区，“蝉”这个名称的语感让人感到太文绉绉，平时人们一般都叫做“知了”，据说是因为蝉鸣听上去也仿佛是“知了、知了”一般。蝉的总称别名为“蜩”，肯定是听到“知了”的蝉鸣声的古代人为它取的名

1 蝉鸣的声音类似日语中“死ね死ね”的发音，“死ね”意为“死去吧”。

2 昼鸣蝉在日语中叫做“ミンミン”，发音为“min min”，该学名取自蝉鸣的拟声。

3 知了在日语中叫做“ツクツクボウシ”，发音为“tsuku tsuku boushi”。

字。在《说文解字》中解释“蝉”字时，称它为“以旁鸣者”。所谓“旁”，意为身体的侧边，蝉是依靠身体侧边的发音器而鸣唱。“蝉”在日语的音读中，吴音为“ゼン”（音“zen”），而汉音为“セン”（音“sen”），这个音经过误传才变成了“セミ”（音“semi”）。“蝉”字也是与日语中的“颤动”、“扇动”两词的“颤”、“扇”二字同音的。

一般而言，蝉以吸食树液为生，而古人认为蝉是饮露水为食的。同属夏季昆虫的萤火虫，是以吃蚯蚓为生的肉食性昆虫，相较之下蝉就显得洁净且清高一些。即使蝉鸣声给人喧闹之感，人们对它的印象却是不坏。

蝉的幼虫期是在壳里度过的，此阶段须持续5年左右。然而，当它变为成虫破壳而出后，它的寿命也只有两三周的光景。因此，蝉既是清净高洁的，更是纯粹的。蝉在需要鸣唱的短暂时光里尽情鸣唱，也被人们当作“知时节”的一种仁义。

一般的蝉始鸣于夏至5日后，而寒蝉始鸣于立秋，在《周书》中有记载。根据《周书》的内容，“夏至5日后蝉鸣止，盖因达官显贵放浪淫逸；寒蝉立秋后鸣声止，盖因朝廷无勤勉之士。”[1]

人们用“蝉蜕”来形容蝉蜕的壳或者蝉破壳而出，比喻人果断脱身、毫无留恋的行为，这种行为也是一种仁义。例如，《史记·屈原列传》中就提到这一意象：“蝉蜕于浊秽，以浮游尘埃之外。”

蝉一贯是善者的形象，是“和平主义者”。虽然蝉鸣声聒噪，但实际上的蝉没有嘴这一器官。过去人们常说：蛇无足而行，鱼无耳而听，蝉无口而鸣，他们以为，蝉鸣声是来自天上的声音。正因为如此，修行的僧侣才能听蝉鸣而顿悟了吧。唐代诗人李商隐写诗咏蝉——

烦君最相警，我亦举家清。

诗以《蝉》为题，句中的“君”也指代蝉，意为蝉鸣声使自己严格警醒，同时自己也正如蝉一样，举家清贫如洗却甘之如饴。

李商隐认为蝉栖身高枝之上而难以饱腹，为中国读书人反复读阅的《孔子家语》中也描述蝉“只饮露水而不食他

1　此段在《周书》中的原文为“夏至之日，鹿角解，又五日，蜩始鸣……蜩不鸣，贵臣放逸……立秋之日，凉风至，又五日，白露降，又五日，寒蝉鸣……寒蝉不鸣，人皆力争……”，与作者所记有所不同。

物”，因此，蝉留下了甘于忍受饥饿而独立清高的形象。另有“蝉腹”这一词语，即空腹之意，特指宁可忍饥挨饿也决不食用肮脏之物，这样的人的身体恐怕也瘦如仙鹤吧。南宋诗人陆游的诗中有如下对偶句：“平生风露充蝉腹，到处云山寄鹤躯。”我觉得“蝉腹鹤躯”确确实实是给人清爽凉快之感的意象。

戴叔伦（732—789）是中唐杰出的政治家，因推行“均水法”而享誉盛名。安史之乱后，朝廷政事转向以军事为重，而戴叔伦却勇于对抗当时的风潮，提倡以民政为先。“均水法”就是为解决农民争抢水源的问题而想出的对策。此外，他还主张：身为朝廷命官，理应实实在在地为国家大政鞠躬尽瘁，不应将官职视为平步青云的垫脚石。如此坚守信念又敢于进言的人，自然成了某些官员的眼中钉，导致他在朝廷中树敌甚多。虽然他曾经从抚州刺史被提拔为容管经略使，但他却在晚年辞官后自请为道士，隐世不出。他曾写下《画蝉》一诗：

饮露身何洁，吟风韵更长。
斜阳千万树，何处避螳螂。

这或许是他一边欣赏着画中蝉，一边将自身比作蝉而吟咏出的诗歌。作为朝廷官员的他是洁白无瑕的，“吟风”意指自己想要成为做实事的官员而立足于官场。保持自身的清正廉洁，是身为官吏的基本准则，不仅不能为非作歹，还要积极投身于国计民生的善事中去，只有如此，才能“韵更长”。另一方面，像戴叔伦这样勤于政事、直言不讳，树敌之事也就无可避免了。

“斜阳”则暗指晚年，戴叔伦在晚年之际，环顾四周发现如蝉一般的自己身处树木数不清的密林之中，却无枝可栖，不免扼腕叹息。

若说蝉是“和平主义者”的化身，那么与之相对的“好战者”虫类就非螳螂莫属。古有“螳臂当车”的典故——小小一只螳螂，举起斧子一般的前肢，试图迎向载人的车辆开战。因而，就有了“螳螂之斧”的说法。

《说苑》一书中记载了一则寓言，栖息在树木上饮露为生的蝉，被螳螂视作狩猎的目标，企图捕蝉的螳螂却未能察觉到身后有一只黄雀虎视眈眈、已然伺机而动，而在黄雀背后，一只弹弓悄然地瞄准了它。

《说苑》是汉代刘向所编的杂史小说集。“螳螂捕蝉，黄雀在后”的故事提及“弹丸”一词，并非指枪的子弹，而是用弹弓弹射的圆球，但弹射的威力却不容小觑。这则寓言实际来源于一个进谏的故事。好战的吴王准备攻打荆国，一个人以劝诫吴王为目的编写了这个寓言故事。当螳螂为捕蝉而全神贯注之时，自然不能清醒地意识到自身面临的威胁。同理，当吴王试图攻打弱小的荆国之时，自身也可能被更强大的敌国趁机吞并。总之，螳螂是蝉的天敌，就仿佛朝廷中对清官抱有敌意的政敌。供蝉栖息的大树固然有千千万万，却找不到既能防止螳螂的攻击，又能保护自身安全的栖身之所。戴叔伦写下《画蝉》一诗，似乎在暗示人们他最终自请为道士的理由与苦衷，不正如书中所写吗？

蝉的翅膀透明清丽，不难想象，这种美来源于它以清露为食的习性，因为远离污秽而美得纯粹。所以，蝉的翅膀也适合装饰在与它同样有德行的、清廉之人头上。

这就是所谓的“貂蝉”，是指装饰在朝臣头冠之上的点缀之物。自古以来，貂尾就被用于做头冠的饰物，貂皮“外柔内刚”，外表触感十分柔软，却不显过分奢华。在冠上装饰貂尾与蝉翅最初为少数民族的习俗。战国末期，赵国的武灵王引入少数民族服装时，也一并将貂蝉冠引入进来。武灵王如此做的原因，是与中原地区的传统服饰相比，匈奴等游牧民族穿着的裤装于作战更为便利。战国时期，战争的形态已经由骑马战代替了过去的战车战，因而改变战服也算是不得已而为之了。明治初期，西式服装得以引入日本，佩戴帽子的习俗也随之普及，这与貂蝉冠在中国的流行情形大致相同。秦始皇灭赵国之后，秦始皇把貂蝉冠赏赐给了侍中。自此以后，貂蝉冠作为侍中冠佩戴的传统就沿用了下来。

在小说《三国演义》里，大将吕布的妻子名为“貂蝉”。为了得到貂蝉，吕布不惜杀掉主人董卓。也许有读者会心存疑惑，为何将美女取名为“貂蝉”呢？我想，上文的叙述可以成为这个问题的答案。貂的“外柔内刚”与蝉的“清高饮露”，正是古人所推崇的理想中的妇德吧。

秦代之后的貂蝉冠不再饰以蝉翅的实物，而改用蝉翅的模型替代，比如《宋史·舆服志》中关于貂蝉冠的记载——“上缀玳瑁蝉”，说明那时通用的貂蝉冠已经用蝉翅形状的玳瑁制来装饰头冠了。

蝉还可作药用。根据明代李时珍的记述，古人用蝉之“身”，而后人用蝉之“蜕”。也就是说，在古代整只蝉被用作药材，而后来只取蝉蜕下的蛹壳入药。《本草纲目》记载其功效，“蝉之蜕可治小儿惊痫、惊哭夜啼”，说明其功效对于儿童的癫痫之症与夜间惊哭有效，若医治出生120天以内的有夜间惊哭之症的婴儿，应取49个蝉蛹作药。至于为何写“49个”，而不能用“50个”，李时珍并未予以解释。

除此之外，据说蝉还适用于妇人“胎盘不下”之症。就像蝉能轻松地从蝉蛹中脱壳而出，若在妇人生产之时，借用脱蝉的伟大力量或许有助于妇人尽快排出胎盘。

因为蝉多从地下现身，古人还相信蝉有“复活”一说。地上乃生者，人死则归于黄土，而蝉能从地下出生，可谓是“重生”了。蝉在变为成虫后，仅有短短数周的寿命，竟被视为“不死”的象征，这着实令人深思。

在中国，人们相信玉器具有某种灵力，能为死者在冥界中照亮明路，也能驱散恶灵而守护死者。所以，古代帝王死后就身着金缕玉衣入葬，达不到这种条件的人家，也会让死者口中含玉而葬。这种被放入死者口中的玉石，往往做成蝉的形状，因为含在口中，因而有了“含蝉”这一说法。使用蝉形玉石陪葬死者，利用了蝉因能复活而保持不死之身的意象，寄托了遗族希望逝者终有一日能复生的美好愿景。

蝉短命却为“不死”的象征，或者说，正是因为蝉的短命而使它不死之身的意象染上了更浓厚的传奇色彩。假若可以不断从地下重生，那么所谓的“不死”即使是短命却也为人向往。《庄子》里写“蟪蛄不知春秋”，此言确实，蝉所知的的确只有夏天。《盐铁论》中有一句：

以所不睹不信人，若蝉之不知雪坚。

形容因见闻不广而目光短浅之人，与不知冬雪的夏蝉无二。可以理解为，这句话是针对过度现实主义的人，是在说明想象力的重要性时使用的。

哈卡里的季节

土耳其东南端距离与伊拉克交界一百多千米处，有一座名为哈卡里的城市。此处姑且称它为“城市”。根据土耳其共和国旅游局发布的旅行指南可知，哈卡里非常耀眼地被标注为主要城市，人口却只有六千人。前不久，日本国立民族博物馆的松原正义先生作为向导，跟我到哈卡里同游。哈卡里连同其周边地区的人口中，几乎95%都是库尔德族。然而在日本出版的地图上，土耳其的这个周边地区超越伊朗、伊拉克的国界，被注名为“库尔德斯坦”，顾名思义，这里是库尔德族人的土地的意思。

库尔德族属于雅利安人种，当然他们的语种被归为印欧语系。根据语言学家的分类，库尔德语应属于伊朗语系统中的西北分支。因此，不管在种族上还是语言上，库尔德族与从属乌拉尔-阿尔泰语系的土耳其民族都不属于同一系。

问题是，现在土耳其共和国的任何正式文献都禁止使用“库尔德族”一词，于是发明了“山地土耳其人”，这个称呼一听上去就能明显感觉出是转换称呼的“代替词”。所谓“代替词”，就像日语中称“女仆”为“帮手”，或是称“盲人”为“眼镜不方便”，这种例子比比皆是。最近出现新型事例，将“土耳其浴”改称“soap land”[1]，听说土耳其大使馆还曾经为此向日本提出异议。只是就日本“土耳其浴”的实情来看，土耳其大使馆也并非无礼取闹。土耳其大使馆的目的是将“土耳其浴”与具有色情服务性质的行业区分开来。

启程去土耳其的半个月之前，我偶然在东京的酒吧里碰见了刚从土耳其回国的星新一先生。他对我说：“前不久我去了土耳其共和国。”乍听他说起土耳其国名的全称，我突然有些疑惑，试想后才了然，原来他是为了避免产生误解。说到底，这些的根源都在于切切实实存在的政治问题。

土耳其下令改称“库尔德族”为“山地土耳其人”，也有其政治上的必要性。我在土耳其东部很多地区看见过横幅，写着“Ne Mutlu Türkün Diyene!”的字样，却从未在伊

1　“土耳其浴”的“代替词”为“特殊洗浴”，此处作者的原文用了外来词“soap land”，指兼营性服务的土耳其浴池。

斯坦布尔周边见过类似的口号。横幅上文字的意思是："能被称为土耳其人，是多么幸福！"细细想来，这一标语着实有些奇怪，它没有说"身为土耳其人"，而是"能被称为土耳其人"，这令我感到有些奇怪。后来我反复思考这个奇怪的感觉，对于这种如大海捞针一般的粗略形容，只能用精妙的、细微的"奇怪的感觉"来加以补充。试着再体会一遍这句话，它真实的语义是"即使不是土耳其人，只要能被称为土耳其人，就是一件令人倍感幸福的事"。

土耳其的标语让我想起一段歌词。战争时代，台湾传唱过一首民谣（此处虽写成"传唱"，但不如说成是"被强制要求唱"），它是《雨夜花》的填词歌，是一首现在每每听到都能激发我台湾乡情的名曲目。

红色的束袖带，英勇的军夫。
幸福的我们是日本的男子汉。

歌里的"军夫"指军队的后勤人员。日本在太平洋战争中，招募了许多来自中国台湾和朝鲜的年轻人。这里美其名曰"招募"，实际是转换语言的一个十分鲜明的事例，是超越强制水平的强制性征兵。日本方面的官厅记录乃是"招募"与"自愿"，一看便知这是失去判断力的历史学家与别有用心的评论家企图按术语进行解说，可以说这是鲜活的歪曲历史的典型。

战争时期，军队中的志愿兵尚且能按照军队身份划分待遇和地位，“军夫”却毫无地位可言。最初，他们被视为消耗品，是最低微的劳动力，终日遭受残酷剥削，随时被击毙在战场周围，甚至死后都无法得到补偿。被迫走上战场的他们从来不是日本人，却被歌颂为“日本的男子汉”。说回正题，土耳其东部横幅上的标语写“是多么幸福”，倒与台湾民谣的“幸福的我们”的语感有几分相似的意味，因而令我格外在意。

土耳其共和国境内究竟有多少库尔德族人，暂且是个未知数。“库尔德族”之名已在政府文件里不再提及，因此，官方上讲其人口数目应该为零，而实际人数也只能依靠推算。不过，有百科词典记载，土耳其、伊朗、伊拉克各有200万库尔德人，三地合计大约600万人。依我来看，土耳其只有200万库尔德人这一数据，相比实际应该缩水了许多。1935年的统计中有关于语言学的调查结果，显示使用库尔德语的人口148万人，而同年土耳其的人口1615万人。如今，土耳其人口已达4600万人，增长了两倍左右。

在此，还有一个事实：帝制时代的沙俄在统计数据中，为了推行希腊的东正教，曾刻意瞒报穆斯林等异教徒的人数。1935年土耳其的语言学调查肯定是把会说土耳其语的库尔德人也算作土耳其人口，计入了最终的人口统计中。根据我的推断，当时的库尔德人应该已经有两百万之多。假设库尔德人的人口增长速度不能与土耳其共和国的总人口增长速度同步，按保守的人口增长速度推算，库尔德人也该在400万以上吧。说起为什么我对人口的数量如此执着，理由很简单，因为官方从未公开具体数据。尽管土耳其官方并不承认他们存在民族问题，但不得不说土耳其的民族问题依然严峻。

为了国家的发展，土耳其共和国似乎选择了向单一民族国家发展的道路，日本则是一个很好的模型。可土耳其的实际国情是，它不仅有库尔德族，还有异族的亚美尼亚人。曾经的日本也试图否认异民族的存在，兴起了轰轰烈烈的皇民化运动[1]，企图将朝鲜和来自中国的台湾“军夫”誉为“日本的男子汉”。众所周知，皇民化运动以失败告终，土耳其却要学习日本的失败之路来推行国家发展，实在令人匪夷所思。

---

1 第二次世界大战时日本为战时体制而将朝鲜、中国台湾等地殖民地化的统治政策，日本企图以同化为名，扼杀朝鲜和中国台湾人民的民族性，使之成为忠实的“皇民”。

一部叫《哈卡里的季节》的土耳其电影曾经在日本上映，我尚未观影。此次土耳其之行的同行人——医生吉田昭子女士今年（1986）正月在大阪看过，我拜托她详细地向我介绍影片的剧情。故事发生在哈卡里的一个小山村中，有位读书人到这里担任乡村教师。村民们在冬天以外的季节，都以四处放牧为生，只有在冬天会聚集到村子里，也只有在冬天，家里的孩子才有接受教育的机会。这部影片的原名实际是《哈卡里的冬天》，教书的主人公是土耳其人，而村民们都是库尔德人。平日里，全村的伙食由村长夫人负责，她与教师之间语言不通无法交流，与主人公交流只能依靠孩子们在中间充当翻译。一天深夜里，主人公听到刺耳的枪声而惊吓不已，第二天一早便急忙告知全村人，却没人理睬他。村民表现得好像是在说“你恐怕是在做梦吧”。其实，全村人不可能没有听见枪声，他们清楚地知道枪声意味着什么，却对此不慌张，不，他们一定是深知不能对此躁动不安。这件事，哈卡里的村民们都知道，只有来自外地的土耳其教师被蒙在鼓里。村民们甚至认为，这件事没有告知这个人的必要性。主人公体会到身为外来者深深的悲哀。

正是这种关系复杂之地，我到达此地途中经历了军队和警察的数次审问，每次都被要求出示护照，这也是不得已的事情吧。在哈卡里停留了整整一天，我倒是没听见电影中描绘的枪声，但确实目睹了巡逻中的士兵，他们两人一组，佩戴着自动手枪在狭窄的城中巡视。就连我们去周边的名胜古迹观光的时候，身边也必定有警察与我们同行。

现在，那里好像又禁止民众集会。来自松原先生的盛情，又通过友人的一番周旋，让我们欣赏了库尔德族的传统民族舞蹈秀。然而，这样的活动，我们也不得不向当地申请集会的许可证。舞蹈在一个类似日本公民会堂的馆内表演，席中可见军队和警察的身影。他们并非在一旁暗中窥视，而是明目张胆地坐在桌子旁，两手交叠于胸前，严阵以待地观察着动向。

我们离开土耳其数天后，新闻报道土耳其当地警察遭到了“分离主义者山贼”的伏击，其中12人被残忍杀害。那则新闻还取了一个耸人听闻的标题——“复仇之誓”。“分离主义者”指谋求自治与独立之人吧，将抱定该理想的组织称为“山贼”，这也可以说是“分离主义者”的“代替词”吧。也许“山贼们”在边境地区进行物品走私，得到的钱财用作分离主义者的军用资金。总而言之，就算当地的居民听见枪声了也能若无其事。

对警察的恐怖袭击是库尔德斯坦工人党（PKK）的行

为，当时我甚至都不知道“PKK”是什么的简称，简称使用的是库尔德语的首字母。当地人称呼从属于库尔德斯坦工人党的组织为“阿波会”。

库尔德族生活在三国国境交界之处，导致他们很难争取到独立的机会。第一次世界大战结束后，巴黎和会提倡民族自决原则，在这种背景下，通过出身库尔德族的外交官谢里夫的斡旋，签订了《塞夫尔条约》，明确库尔德成为独立国家。然而，《塞夫尔条约》最终被凯末尔废除。

其实，库尔德族不全是反土耳其的，伊拉克的库尔德人贝克尔·西德基就是亲土耳其主义者，他在1936年打倒伊拉克的亲英派，第二年就被暗杀身亡。

在奥斯曼土耳其帝国时代，土耳其还是多民族国家，就像现在的美国和苏联一样。土耳其人大概会想，因为多民族的国情导致国家难以统一，才导致土耳其衰落至今。在第一次世界大战中，战败国（奥斯曼土耳其属于德国一方）因为战败而失去了它在阿拉伯和希腊的土地，这也算是歪打正着，国家统一的条件终于成熟，土耳其试图作为单一民族国家而复活，残存的库尔德族却成了其在民族统一之路上无法跨越的阻碍，土耳其共和国不得不为官方拒绝承认的少数民族问题而伤神。这是仅仅靠审查和巡逻机制，扩充军警与枪支装备的数量，无法解决的问题。可以说，哈卡里是凝缩土耳其的各项问题于一身的复杂区域。我们看完库尔德族的民族舞蹈，在回程的路上，遭遇了几批值班巡逻的武装部队，我仿佛听到了没有叹息、没有呻吟的这座土耳其城市百感交集的心声。

从“椿”谈起

日本人把汉文[1]作为文章表现的主流文体使用了一千多年，对于他们而言，汉文的意义是极大的。日本虽与中国一衣带水，但日语与汉语却还是直接采用了不属于同一语系的两种语言的表达方式。这其中当然存在很多差强人意之处，为了避免应用中的生搬硬套，日本人做出了极大努力。例如，为了便于汉文阅读，他们创造了返点[2]和诸如一二三、甲乙丙的标记符号。

阅读汉文，日本人很难快速浏览，只要读就是精读，也就是边读边思考其中含义，需要不停地动脑思考。他们还要做到不光能读还要会写，不仅可以做文章，还可以赋诗几首。汉诗对平仄和韵脚有严格要求，中国人能通过汉字的读

1 “汉文”是日本人写的仅由汉字构成的文章及文学。

2 “返点”是日语的汉文训读中标记读音顺序的颠倒符号。

音推知平仄，虽然各地有不同的方言，但每个方言的平仄基本都是相同的。对于日本人而言，判断每个汉字的平仄只能依靠背诵，例如为何“灯”为平声而“冻”为仄声，仅靠日语的理论是无法解释的。即使有“全部促音皆为仄声”这样的难能可贵的规则可循，大部分的平仄规律仍需要死记硬背，这岂不是变成头脑训练了吗？明治时代，日本开始吸收欧美的知识之际，日本人千百年来的训练成果在潜移默化中显现。

对于东亚其他国家的人来说，掌握汉字肯定是极大的负担。直到文字处理机的出现，不必再一笔一画地书写汉字，人们才可以从汉字的困扰中解脱出来吧。无论如何，从古至今，汉字强大的造词能力，对吸收文化起到了极大的作用，因此，汉字的历史功绩不应被轻易遗忘。

我曾经听说，有位完全不懂汉字的外国人被日本各官厅看板的简洁程度惊呆了。比如看到“外务省”三个汉字时，就能理解这个官厅是一个怎样的机构。在英文里，“外务省”写作“The Department of Foreign Affairs”，表述十分冗长。本居宣长[1]曾主张“廓清汉意”，即摒弃汉文对日本

1　本居宣长（1730—1801），日本江户时期的国学四大名人之一，又号芝兰、舜庵，是日本复古国学的集大成者，努力按照古典记载的原貌，排除儒家和佛家的解释和影响，探求“古道”，提倡日本民族固有的情感“物哀”，为日本国学的发展和神道的复兴确立了思想理论基础。

国学的影响，以大和词语取而代之。以他的观点来书写看板的话，是十分困难的，日本官厅的名称必定变得更加复杂。“外务省”将会改成诸如“外国事务担当政事处”之类的称呼，用假名写出来恐怕要超过两行。“众议院”则改为“诸人聚集议政谏言之所”。

日本人在引入汉字为己用的过程中，也有屡屡出现误用物名的情况，尤其以动植物名称的误用例为多。中国地广物博，物种众多，中国人也偶有误用的时候。

例如，“鲇”字在日语中指香鱼[1]，在汉语中就成了鲶鱼的意思。黏黏糊糊通常称为“黏”，或许与这多少有些相关吧。另一方面，香鱼就没有那么黏黏糊糊的触感。说起来，日语中鲶鱼的“鲶”相当于哪个汉字呢？其实这个“鲶”字是日本自创的文字，与“辻”“峠”同属和制汉字，即所谓的日本的国字。但有趣的是，一些和制汉字不知不觉地传入了中国，虽然清朝的《康熙字典》与“二战”前的《辞海》等书中尚未予以收录，但最近出版的汉语词典中已经可以查到“鲶”字，释义同“鲇”，注音同“念”（二声），与“鲇”同音。为何和制汉字会混入中国汉语词典中呢？我也

1 一种淡水鱼，生活在日本各地的溪流中，有一种香气，鱼背呈青黑色，鱼腹为黄白色，可食用。

不了解其中的来龙去脉。或许，更简化的文字，使用起来更加便利，才被采用的吧？但是，“鲶”字的笔画数又多于“鲇”字。我斗胆推测，可能因为鲶鱼游动时呈蜿蜒之态，“念”字更能表现出鲶鱼的姿态吧。而且，我甚至感觉这个“鲶”字可以生灵活现地把鲶鱼的胡须体现出来。

“柏”在中国属于针叶科植物，不能像日本的橡树那样用其叶片包裹年糕。中国的“桂”字不是指连香树之意，一般多指丹桂。广西地名“桂林”的得名就源于桂花。花期一到，桂林满城都飘着浓浓的桂花香。

“椿”在中国多指长寿之树。《庄子》曰：“上古有大椿者，以八千岁为春，以八千岁为秋。”由于椿树是一种难能可贵之树，它常用来比喻父亲，“椿堂”就是指父亲。在字典里，“椿”的读音为“chun”，还有一种惯用读法将它读作“qing”。但不管哪个读法都不是“茶花”的意思，中国通常称茶花为“山茶”。

中国的历代诗歌最喜欢吟咏牡丹和梅花。唐代，以牡丹为百花之首。白居易的新乐府诗《牡丹芳》写道：“花开花落二十日，一城之人皆若狂。”唐代的长安人不仅是喜欢牡丹，甚至达到了如痴如狂的地步。《唐国史补》记载：“种以求利，一本有直数万者。”时人对牡丹的疯狂令人咋舌。

白居易写《牡丹芳》一诗，目的不在于夸耀牡丹的美，而重在关心当时的农业生产。其中有“人心重华不重实，重华直至牡丹芳”一句。若要问人在“实”与“华”两者中选择何者，答案不言而喻。白居易所批判的“华”恰恰是当时最能代表奢华之风的牡丹。梅花的意象则与牡丹相反，出现在诗文中的梅花，往往都是众人赞誉的角色。相较之下，秀美的山茶花就很少在古代诗文里出现。晚唐诗人司空图（837—908）曾以《红茶花》为题，写下一首七言绝句。

景物诗人见即夸，岂怜高韵说红茶。
牡丹枉用三春力，开得方知不是花。

晚唐的诗歌文风艳丽，气势磅礴，有时也暗含了诗人的激愤之情，上述绝句说“牡丹不是花”，正是晚唐诗风的如实写照。“三春”指春季的三个月份，诗人欲表达的是，耗时一整个春天，耗费众多人力物力，仅仅为了培育一朵价值万金的牡丹开花，可谓歪门邪道。在司空图看来，诗人们对这种外表看上去美丽的事物，有过分推崇的倾向。虽然表面没有如此奢华，但气韵高洁的红茶花才是真正美丽的事物，只可惜无人欣赏。

晚唐僧人贯休也作有一首名为《山茶花》的诗。

风裁日染开仙囿，百花色死猩血谬。

今朝一朵坠阶前，应有看人怨孙秀。

此诗体现了唐末诗歌特有的夸张风格，诗人把山茶花比作猩红的血，写它飘零于台阶之上，暗喻西晋末年潘岳、石崇二人因孙秀栽赃而被砍下首级。与砍头的意义有所关联，导致人们把山茶花视为不祥之花，在日本也有类似的情况。山茶花色彩鲜丽，却极少被诗歌传颂，大抵与不祥的意象有关。

日语中与山茶花对应的汉字是“椿”。日语的“椿姬”对应的汉语词是“茶花女”，小仲马写过同名的小说，在中国最早的中文译本翻译自林纾（1852—1924），当时的译名为《巴黎茶花女遗事》。林纾，字琴南，他完全不懂外语，招揽了16名通晓外语的工作人员，请他们读外文书并口述其内容，自己则在一旁边听边记，最终编写成文言文体的作品。林纾的译著颇丰，甚至还翻译过德富芦花的《不如归》。凡是他的译著，都极为畅销，而《巴黎茶花女遗事》被记录为他的开山之作。那年是1985年，正值中日甲午战争结束。

林纾的译作当然有不少误译，但他的妙笔生花往往能弥补这一缺憾，酿造出令人叹服的魅力。那时的中国尚处在过渡时期，所以的确需要像林纾那样的译者。郭沫若曾说起，自己步入文学殿堂就是因为拜读了林纾翻译的《艾凡赫》。

在当时，把外国小说翻译成中文并将其介绍给国人的林纾无疑是进步的。他也自诩为进步派，还投身于妇女解放运动等诸多社会活动。在他致力于“听译”期间，清政府被推翻，中华民国政权随之建立，中国的革命从此走向了高潮，1919年的“五四”运动应运而生。“五四”文学革命主张用白话文代替文言文写作，相当于日本近代的“言文一致”运动。那时，林纾已步入晚年，白话文令他无法接受，他依旧把新出来的外国小说翻译成风雅的文言文。依他所见，白话文非常荒谬，令人无法忍受，假如课堂上只教学生们说白话、写白话文章，那么，举世闻名的中国古典文学就会消逝在后世的历史之中，民族传统不就在此绝灭了吗？必须守护住文言文的阵地！

林纾执着地反对白话文运动，甚至给时任北大校长的蔡元培寄去了一封公开的批判信。他的这一行为让我感到有些过激，这或者是老年人的固执吧？是他落后于时代了吗？不不，绝对不是他落后了，而是时代发展太快，等我们注意到的时候，他留在了原地，止步不前。令人哀叹的是，从《巴黎茶花女遗事》出版到“五四”运动爆发，不过才短短24年，曾经走在时代最前端的人，却落在了时代之后。

山茶花在中国别称为“海石榴”。古代日本也有城市名为“海石榴市”，在《万叶集》和《日本书纪》中皆有记载，据推测应为今天的樱井市周边地区。正如其名，大概周边的山茶树也很多吧。

白居易曾经诗咏杭州郊外的天竺寺与灵隐寺，天竺寺有名的是桂花，灵隐寺有名的是海石榴。如此看来，观赏山茶花的胜地，在日本好像就是奈良县樱井市附近的海石榴市，在中国好像就非灵隐寺莫属了。“好像就”这种不靠谱的表达方式，也容易让人感觉这里是山茶花的名胜之地。

评分

北京郊外有一处香山，风光明媚，在可以远眺琉璃塔的山的一角，有一处西洋风格的城堡式建筑。它仿佛堡垒一般坚固，如宫殿一般威严，又像寺庙一般庄重。当游客们满怀期待地通过巨型大门入内时，发现其中空空如也之后，大多败兴而归。这座建筑虽说不像废墟一般残破不堪，但如今并没有被利用，是一座感觉不到利用价值的建筑物。导游对这座建筑也所知不详，看样子是清中期以前的建筑了。他还补充道："这里曾经是关闭评分期间阅卷官的地方，大概10天左右。"导游使用的是过去时，我便猜测可能意指古时的科举。在我细问之下，才发现不是我想象的那样，导游说的"评分期间"不过就是几年前高考阅卷的时候，负责评分的老师就被隔离在这个地方。此处距北京市内车程40分钟左右，也算离闹市街区有段距离，是个隔离阅卷官的好地方。

为了保证高考的公平公正，这样的隔离是十分必要的吧。当然，阅卷场所必然也是有一定保密性的。

“考试地狱”[1]看似是由日本输出到中国的选拔方式，从中国的角度看其实恰恰相反。因为，通过笔试来选拔官吏的应试方法应属于古代中国人的发明。中国科举兴起于7世纪中期，当时西方各国尚未具备制作纸张的条件。

科举始于公元606年。关于具体年代，历史上的许多说法之间都相差数年，可以明确的是，科举兴起于隋炀帝在位时期。隋炀帝在历史上恶名昭著，他死于部下的缢杀，这在历史上实属罕见。隋炀帝死后，隋朝被唐朝所灭。唐朝的第一任皇帝高祖李渊是隋朝的“八柱国”（八位柱国大将军）之一，可谓是亲手灭了自己的主君，类似的事在历史上也实属寥寥。不过，若要为李渊不忠的行为辩解，就必须把隋炀帝塑造为比实际更可恶的坏人角色才说得通。又因编隋史者乃唐朝史官，更加无人为隋炀帝辩驳，只能任人言说。于是，历经近300年的流传，有关隋炀帝的评价得以固化。所以，我认为，实际上隋炀帝杨广所做的恶，并没有史书上描写得那般不堪。尽管如此，杨广下令开凿大运河、远征高句

1　日本国民对日益繁重的考试的贬称。

丽也确实劳民伤财，置百姓于水火之中。

开凿大运河使当时的平民百姓劳苦不已。不过，大运河竣工之后确实为后世的人们带来诸多福祉。因此，开凿大运河一事，总归是要经过哪位帝王之手来完成的，只是隋炀帝急躁冒进地行事了。若说起逞匹夫之勇而果敢行进之事，兴科举也有异曲同工之妙。

不论古今中外，一国之政最重要的是招纳贤士。所谓“选举”制度，现在的固定模式是根据投票选拔担任国家公职机构的从业人员。但是，“选举”原本的词意指“选拔”，投票只是其中的方法之一。各个时代的史书中，与地理志、食货志、天文志等并列，还设置了选举志，主要记录在每个时代都有哪些选拔人才的制度。因为政治体制的好坏直接影响朝政，所以理解政治体制就成了把握那个时代历史的关键。

兴科举之前，皇帝和朝廷高官往往喜欢任用自己所青睐之人，或由各地长官举荐贤能。由于皇帝自身目之所及十分有限，为秉持“野无遗贤”的原则，皇帝将提拔和任用贤能的部分权力下放给了地方行政长官。但是，此事却让地方官烦恼不已。作为推荐人，他们在举荐人才的同时，也须承担相应的责任，这意味着，假如所荐者将来做出坏事，推荐人就要承担连带责任，这是性命攸关的大事，所以地方官谁也不愿意向中央举荐人。于是，皇帝赋予地方官“举贤”的义务，每年如果没有人才被举荐上来是不行的。这一命令造成的直接后果是，地方官总是尽量推荐“无才之人”担任官职。为何会这样呢？有才之人，勤于政务者为多，政务决断中必定会出现或大或小的问题。比如，若推行改革，则会触犯既得利者的利益而招致反对；若实施新政，则会遭受保守派的记恨。有才之人更易得到提拔、更易被政敌妒忌，说不定会遭到恶意的陷害。正是因为有才之人往往有为，有为就容易惹麻烦，而不为或无为之人就相对比较安全，不从事政务就不会树敌。如果此类无才之辈占据朝廷的大半官职，自不必说国家离自取灭亡不远了。

朝代更迭自有其中规律，王朝末期往往出现野心家干政，搅乱政治，加速国家灭亡。不管是权臣、外戚还是宦官，纵容这些野心之辈乱政的原因，在于朝廷中已经没有铁骨铮铮的有识之士了。也就是说，这归结于所谓的“选贤任能”制度的失败。

科举兴起前的魏晋南北朝采用的是“九品中正制”。朝廷大臣和地方官忙于公务，极少有时间发掘民间的可用之材，因此皇帝在朝中设置了专门考评人才的官职，即“中正官”。正如其名，将朝廷官员划定九个等级，但最终九品中正制没能延续到后世。一般来说，经中正官考评判定为上等并得到提拔之人，一旦失势下台，中正官也会被追究责任。所以即便是选拔一些专业性强的官职，也会落入以前的套路，中正官的考评只求无功无过而流于形式。当时的人们都抱有极强的家族观念，个人是家庭中一员的意识过于强烈，个人必须对家族负有绝对责任。所以，九品中正制下的考评，与其说考评个人功绩，不如说考评的是家族地位。如果A家族为二品，B家族为四品，C家族为七品，那么这些家族出身的子弟就能沿袭家族的品阶，而无关乎个人能力。长久一来，阶级流动停滞，国政也随之奄奄一息。

在上述背景之下，隋炀帝大胆提出，官员选拔应以个人能力为先，起用了以应试为中心的科举制度。在此之前的数百年间，九品中正制名存实亡，根据门阀制度的选拔成为主流。科举制度是选拔官员的一大变革。

科举不问地位贵贱，不看门阀。固然，那时的高官显贵可以雇用优秀的家庭教师，贫民子弟则多从小小年纪就扛起家庭生计，即使富裕者与贫穷者的起点尚有差距，但这是可能跨越的阻碍。在富裕家庭里也有不成器的孩子，不管雇用多么优秀的家庭教师，也不能保证所教的孩子一定可以长成可造之材。

隋朝以前的中国是“贵族时代”，从隋朝开始就成了“贵族与知识分子并存的时代”。但唐朝并未依循“科举至上”的原则，同时还继续根据门阀起用人才。一国之政不断引入新鲜血液而焕发生机，国家因此而长盛不衰。日本遣唐使曾向日本介绍了科举制，暂且不论当时日本还是律令制国家，从实际来看，不得不承认日本最后没有采用科举制是非常明智的抉择。虽然是基于日本的国情，但日本的青少年们很长一段时间可以免于遭受“考试地狱”之苦。

明治时期，从欧洲引进的内容还包括了考试制度，正是法国采用且改进的中国科举制度。当科举制在中国变得愈来愈形式化之后，欧洲引进这一考试制度，并通过改进获得了显著成果。

中国废除科举制是1905年，自隋炀帝兴科举时开始计算，尽管元朝曾短暂地废停科举，科举制跨越了1300年。一个能够绵延1300年的制度还是有不可否认的长处的。

只要考试公平公正，就会有许多人跨越阶层而出任高官，政治也会一步步接近民众。反言之，不同阶层的优秀人才都以升官晋爵为目标，那么，社会其他领域的人才就会流失严重，社会整体就会出现严重失衡问题。用时下流行的语言来概括，“提倡价值观多样化、建立平衡健全社会”，却不知不觉走向了它的对立面。

科举制还有一个消极影响，即开创了“八股文”的文体。答案必须是固定的格式。正文一般分为四段，每段都必须有两个“比”，就是排比对偶的文字。例如，一句写“万里江山”，另一句就须以“一条大河”来作对。四段中每段须有两“比”，合起来就是“八股”。八股文的评分标准也有章可循——比起文章的具体内容，评分的重点更侧重于考查写出的对偶句是否工整，以及是否规矩地按照八股的格式行文。

我觉得，这样一来，岂不是可以根据阅卷人的个人喜好来判断了吗？八股文的题目一般出自四书五经中的一节原文，要求考生深入论述儒家观点，作出论文。这种文章很难评分，还是那种可以直接判定正误的更为简单。在限定阅卷时间之内，几乎不可能细细审阅每篇文章的内容。如果把评分标准定为“考生是否遵照八股文体行文”，阅卷也就变得容易许多。

每当自己坐在阅卷人的位置上，我就能想象古代考官的样子。过去，我曾经担任过几次文学奖的评委。但是，不管经历多少次评审的工作，我依然对评分一事头疼不已。不过，其中有一次推理小说的新人奖评选让我觉得比较轻松，因为有明确的评分规则和基本固定的模式。在20多年前，我还担任过民间广播电视大会的评审员，从民间播放的收音机节目中，分不同部门评选出优秀作品。我负责电视剧类别的评审工作，所幸的是，这一类别也制定了明确的评分标准。然而，新闻类别的评审中，有一位评审员中途踢了几下座位后离席退出了。他并非因为与他人争执而愤怒离席，而是“我太想就此展开一番激烈的争论了，但却无法做到，觉得很气愤”，无奈之下退出了评审会。

离开的时候，他愤慨地留下一句话，“没有相扑场地的相扑，裁判没法做！”我可以理解他对评审形式的质疑。比方说，长时间播放“幼儿的音感教育”、“板门店会谈”、“美国的人种问题”、“陶瓷器的流行”和“濑户内海的渔业”这一类主题的录音让你听，然后让你就此评分，你一定会很无奈，不由得说“请等一下”吧。

令我感到无比难受的是，站在等待评分结果的人的立场上来看评分这件事情的时候。从小学入学至今，我们作为被评分者的时期很长，正因为如此，我才能感同身受地理解他们。

最后谈一谈我的感受。近两年我一直在孜孜不倦地写作没有固定题目的随笔，像是相扑运动员绕着没有比赛台的场地乱转一样，这样的写作，远远没有常人看上去那般轻松。

后记

很多时候，有很多想法在我脑中盘旋，有些消失了，有些还牢牢记着，有些淡去了，有些更深刻了，有时还会不断变换记忆的形式。所谓“随笔”，就是时常把脑海中的想法截取出来形成的文字成品。虽然随笔像是碎片化的东西，但是写随笔的玄妙之处不正在于，可以听到贯通前后的经纬之音吗？

此书收录了我在《世界》杂志（1985年1月号至1986年12月号）上两年来连载的全部随笔。随笔中写到的要在曲阜建设豪华宾馆，现在都已经竣工了，我的几位朋友还去住过。正是这种时代的变迁，鲜明地提醒我们，我们身处在不断流淌的历史长河中。

没有固定的题目，我在写随笔时反而感觉无从下笔。虽说完全可以顺着自己的思路行文，却没有超出我的思维之外，反而常常出现思路阻塞的情况。在看似跳脱的每篇随笔题目之间，有它们之间的逻辑关联，我希望各位读者能够侧耳倾听这些微弱的声音。

1987年2月

于六甲山房